マイ
バック
ページ

ある60年代の物語

我愛過的
那個時代

當時，
我們以為可以改變世界

川本三郎
賴明珠　譯

Literary Forest
Lf
文学
森林

推薦序

青春與告白

幸振豐

《我愛過的那個時代》就是作者川本三郎對於青春時代的告白。一九六九年四月，作者進入朝日新聞社擔任記者，先後任職於《週刊朝日》、《朝日雜誌》。顯然，他所處乃是學運當道的六〇年代，一開始認同抗爭運動所散發的熱血，因此極力要做個硬派記者，到抗爭的現場報導學生的一舉一動。在多年的採訪過程中，先後面對很多「全學連」主將，甚至後來的赤軍連份子。尤其是，採訪到一位叫K的思想犯而有積極互動，但K後來犯下殺害自衛隊軍官事件，並把殺人證據——死者的臂章——交給作者，但他為了顧及職業道德，湮滅證據，以致遭到判刑。

作者隱忍十幾年，終於完成《我愛過的那個時代》，內容就整個事件坦白交代，並且評論六〇年代的點點滴滴。川本三郎是日本知名的評論家，對於西方文學知之甚詳，因此本書頗像西方的告白文學。過去，奧古斯汀和盧梭都寫過《懺悔錄》，而左派學者也曾出書批判自己，例如法國的路易．阿圖塞（Louis Althusser）和埃德加．莫蘭（Edgar Morin）也寫過《自我批判》。內心有魔咒的存在，總是需要語言文字的呈現，才得以解除。顯然，作者的青春、理想、困惑、絕望、罪惡感也因為此書而讓他的精神得以再度復活。

不過，要了解本書，熟悉日本六〇年代是有必要的。二戰之後，美軍進駐日本，開啟了美日的結盟關係。但正當日本重建時，年輕人並非沉溺於消費名牌商品，而是投注於各種抗爭，如反越戰、反體制、反美國帝國主義、反成田機場建設。當時的抗爭主力就是充滿活力的青年學子。學生在社會階層中一直處於邊緣，他們往往受到漠視，更不用說權益。他們在學校中經常接觸到各種新興思潮，以至於對於國際現勢、政治、社會的各種問題較為敏感。難怪，最富於改革和抗爭的一群要算是年輕人。

自日本大正時期以來，左派學生早已形成一股勢力，在戰爭期間受到軍國主義政府的壓制，但戰後立即發揚馬克思主義的傳統。他們認為抱著書本，並不是很踏實的作風，因此如何展開具體實踐乃是最重要的課題。此後，很多高中生和大學生開始跟日本共產黨互通聲氣，同時各地的學生會也展開全國大串連。然而，經過時間的推移，他們發現日共的獨斷作風，儼然形成一個小體制，處處耍弄權力，使得他們的抗爭難以伸展，同時國際共產陣營的變化，更連帶地影響兩者之間的關係。

例如，一九五六年二月，蘇聯共產黨第二十回大會，赫魯雪夫針對過世的史達林展開批判，到了十月更派兵大舉鎮壓匈牙利。對此，支持蘇聯的日本共產黨也難逃學生的質疑和批判。這一來，支持日共的學生黨員乃和這個組織漸行漸遠。強調自主性的青年學子便加緊腳步在各地積極串連。當時，最具活力的組織當推「全學連」，而他們最大的貢獻就是「安保鬥爭」。

所謂「安保鬥爭」，顧名思義就是為了阻止日美安保條約的修訂而展開的反帝、反政府的鬥爭。一九五二年，日本和美國在舊金山締結「日美安保條約」，文中明訂美軍可以繼續駐留日本，這就是因應當時的全球冷戰結構，其目的就是加強兩國的合作，以繼續鞏固資本主義體制。一九五七年，日本更同意美軍可以更新武器，於是首相岸信介公開聲明「日美新時代」的來臨。接著，便是準備簽署修訂版的「安保條約」。不過，內閣的這項舉動卻激起日本民眾和學生的大力反對，因為一來日本政府的主體性蕩然無存；二來日本隨時會再陷入戰爭的火坑。

此後，一波波的抗爭活動相繼爆發。以全學連為主體，加上勞工大眾共計兩百多萬人大舉上街抗議，而日本政府也派出大批警力，以便大舉鎮壓。令人驚訝的是，一九六〇年元月十日，為了抗議美國總統艾森豪訪日，群集街頭的人數竟然高達五百八十萬人。此後接連的抗爭持續進行，但不幸的是，元月十五日在衝突過程中，東京大學女學生樺美智子遭警察的棍棒打死。這個事件非但激起民眾學生的憤怒，而且東大校長更嚴詞批判警察執法過當。這一來，給予政府和警方不小的打擊。大家對於政府的反感立即升到沸點，而學生所散發的反戰和反體制的訴求更獲得民眾示威鼎力支持。

作者身處的一九六〇年代，除了抗爭之外，也激盪出文化的火花。他們聽搖滾樂、觀賞有關不良和嗑藥的電影，如《午夜牛郎》、《逍遙騎士》。而學生也經由小劇場的演出展開抗爭，像唐十郎的「狀況劇場」、佐藤信的「黑帳篷」。值得一提的是，他們的演出並未獲得批准，於是到處受到驅趕，例如，狀況劇場就曾經在新宿公園一邊被警察追，一邊在車上演出，而觀眾也跟著跑來跑去，因此創造出一齣別出心裁的前衛劇。這齣戲碼其中一位演員就是作者在書中提到那位叫「麿赤兒」的怪優演員，平時經常坐在他隔壁公寓前膝上抱著貓在曬棉被。後來，麿赤兒自組「大駱駝艦」劇團，十幾年前曾經到台北演出《死者之書》，大獲好評。

其實，在初期的抗爭中，連現場採訪的媒體記者也伸出援手。正如同作者指出，在採訪成田機場建設反抗活動中，TBS電視台記者提供採訪車給農民搬運「武器」的「方便」。這事情被發現後。「記者能涉入對方多深」成為採訪反體制運動記者經常面對的課題。接著，他說：「比我資深很多的前輩記者們曾經談起，六〇年安保時，用採訪車載被警察的警棍打得傷痕累累的學生們到醫院去的經驗。不過那還是在『人道』大義名分上站得住腳的立場，算是好的狀況。某種意義那還是個牧歌般的時代。」

所謂「牧歌」就是一搭一唱，民眾、記者、學運份子大家相互支持，但後來抗爭運動卻開始變質了。有些學運份子竟然到處丟炸彈，甚至到水廠下毒而危及老百姓的生命安全。其背後原因乃是基於權利鬥爭和路線之爭，其中學生團體更產生「赤軍連」。這個組織強調軍事武裝鬥爭，也企圖向第三世界輸出革命。此外，還會運用權力處決內部的「叛變份子」。一九七二年二月，赤軍連以「反共產主義」為名處死十二名同志，但同月十七日，以森恆夫、永田洋子為首的運動份子遭到逮捕。而另一批以坂口宏為首的六名殘餘份子，於二月十九日逃向長野縣輕井澤的河合鋼琴保養所「淺間山莊」，劫持管理員夫人牟田泰子充當人質。當時，警方出動一千五百名警察將建築物團團包圍。

經過十天的對峙和槍戰，警方於二十八日展開攻堅，救出人質，並逮捕這些赤軍連份子。當時，ＮＨＫ從早上九點四十分到晚上八點二十分現場轉播這場激烈的槍戰，收視率竟高達九八・二％。顯然，民眾對學運的惡質化開始產生極大的反感。

但對於作者而言，在淺間山莊事件之前，他對於K殺害自衛隊軍官也慢慢產生「討厭的感覺」，正如同他引述哥哥的話——「（殺害自衛官那個事件，我總覺得是個很討厭的事件。就算理念不同，但安田講堂事件、越南反戰運動、三里塚的農民反對機場建設事件，都沒有討厭的感覺。但這次的事件卻總是有討厭的感覺。」而面對淺間山莊事件，作者認為「自己所夢想的東西，化為泥濘完全崩潰解體。」看來，他跟哥哥以及一般民眾的觀點逐漸一致。到了七〇年代末期，學運逐漸銷聲匿同時日本的經濟正急速成長，而正式宣告消費社會的來臨。

綜觀本書，我十分欣賞作者書寫過程中坦率而客觀的態度，就像他指出：「事件經過十年以上，我總算開始覺得或許能把自己的事件稍微隔一段距離，客觀地寫出來了。」接著，他說：「被朝日新聞社免職，從此成為一個自由文筆業者，對自己的事件也有不得不自己做一個了結的義務。」本書曾在《SWITCH》雜誌連載，一九八八年結集成書，由河出書房新社出版，而去年再由平凡社推出上市。同時也改編成電影，「我」由妻夫木聰飾演，K則由松山研一飾演。

多年來，台灣引進日文小說總是限於推理、愛情、時代小說，除了村上春樹的作品外，很少涉及一九六〇年代的內容。相信本書中譯本加上電影，讀者可以更深入了解日本一九六〇年代的光與影。因此，我誠心推薦這本精采而坦誠的告白之作。

譯者序

傷痕累累的青春告白

賴明珠

我第一次讀川本三郎的書，是在一九八四年，書名叫《都市的感受性》。這本書不但對東京這個都市做了透徹的分析，也對都市中的新銳作家村上春樹、村上龍、漫畫家大友克洋、導演森田芳光等，做了深入的介紹，引起我翻譯村上春樹作品的動機。

事隔多年，這次有機會翻譯川本三郎的《我愛過的那個時代》，感覺意義特別不同。

事實上《我愛過的那個時代》這本書早在一九八八年就出版了。這次因為拍成電影，重新改版，並出中文翻譯版。翻譯這本書，能對六〇年代和八〇年代兩個重要年代加深了解，自己感覺很幸運。

原來川本三郎不只是評論家，也曾經是新聞記者。

本書所描寫的正是作者年輕時候，二十幾歲大學剛畢業，到「朝日新聞社」當記者，上班前三年所發生事。以一生來說，是正值青春就碰到巨大改變的關鍵時期。

以時代來說，剛好碰上美國越戰打得最激烈，嬉皮風盛行到亞洲，日本全共鬥學生運動最熱烈的時期。政治動盪不安、社會型態轉型、意識型態轉變、兩性觀念開放、文化藝術創新、音樂活動頻繁、經濟發展起飛的最精彩蓬勃時期。是一個充滿反傳統、反體制、充滿顛覆、動盪、和創新的時代。也是一次次抗議都被壓制下來，身邊很多人死去，充滿挫折和傷痕的時代。

作者川本三郎，一個東京大學法學院的學生，看到報紙上自由攝影師從越戰前線拍回來的照片，熱血沸騰立志要當新聞記者，第一年沒錄取，不惜等一年重考，一面待職，一面在新宿打工。考上記者後，隨前輩記者站在自己原來就讀的東京大學法學院大樓屋頂，觀看對面安田講堂事件的現場，學生們困在裡面和機動隊對峙丟石頭的場面。心情上彷彿還是學生，身上卻戴著採訪臂章站在記者冷眼旁觀的立場。雖然可以安全出入校園，心情卻七上八下左右為難，看不下去，終於走出校園。

採訪學生運動的大學生、高中生；採訪美軍基地反戰酒吧的酒保；和週刊封面女郎美少女去看電影；到東京街頭流浪一個月，接觸各種奇怪人物寫成專欄；和美國記者一起採訪機場抗議活動；最後採訪一個思想犯的殺人事件，為了嚴守記者的職業道德，不肯向警察透露消息來源，不惜被捕入獄的精神掙扎。

作者年少輕狂時的一頁往事。

年輕人的正義感和天真，遇到大時代一件又一件的重大事件，一個又一個奇人怪事，驚慌、害怕、憤怒、挫折、孤獨、羞辱。

被報社免職，告別記者生涯，轉為自由作家，成為專業文藝評論家。

經過十幾年的傷痛之後，作者終於能平心靜氣而毫不藏私地一點一點寫出當年的往事。

一頁青春的自白，一頁時代的見證。

我很驚訝，或許可以說很巧合，川本三郎這本《我愛過的那個時代》和村上春樹的近作《1Q84》提到的時代背景，可以說互相輝映。換句話說，可以拿《我愛過的那個時代》來對照解讀《1Q84》。

一九八二、八三年我從幾本雜誌的書評上看到村上春樹的名字和簡介，開始讀他的作品。但直到八四年讀到川本三郎的《都市的感受性》，才對村上春樹這位作家和他的作品有了更深入的了解。

我寫了一篇文章介紹村上春樹並翻譯他的三篇短篇投到《新書月刊》。從此二十多年來在翻譯村上春樹作品的過程中，能順利掌握村上文體的特殊風格、微妙氣氛和時代感覺，我想第一個應該感謝的就是川本三郎。

仔細回想起來，從《聽風的歌》、《1973年的彈珠玩具》、《尋羊冒險記》到《挪威的森林》，很多作品也都提到全共鬥時代的事情，村上春樹和川本三郎二十幾歲青春時期，確實共同呼吸過東京六〇年代後期到七〇年代初期的時代空氣。

川本三郎是東京大學法學院的高材生，當同學拚命用功準備司法考試，拿律師資格時，他卻寧可去看高達的電影，去報社應徵新聞記者。

那時越戰打得正兇，美國反戰情緒高張，嬉皮高喊「Love & Peace」的呼聲和生活風潮流傳到日本，蔓延全亞洲。記得當時的臺北，男生留起長髮，穿喇叭褲，女生穿起超短迷你裙。

《我愛過的那個時代》讓我更能具體感受到，造成他寫《都市的感受性》中，東京〈無機的都市惡夢〉、〈變貌的時代空間〉、〈自閉時代的作家們〉的時空背景和前因後果。

因而《我愛過的那個時代》不但是川本三郎自己的「青春手記」或對自己年少輕狂的「懺悔錄」，同時也可以說是一個關鍵性大時代年輕人的「世代集體風俗實錄」。可以說為日本同時代許多作家的小說解開了許多謎題。

例如為什麼村上春樹的小說經常提到學生運動？為什麼有那麼多人死去？為什麼有那麼多大學生中途退學？為什麼年輕人到全國各地去流浪？為什麼新宿車站附近流浪漢瘋子和藝術家特別多？那個時代流行了哪些歌曲？

川本三郎比村上春樹大五歲，年齡相近，興趣也相近，兩個人英文都很好，喜歡讀世界文學、看各國電影、聽爵士音樂。性向接近，自然對事情的感覺也很接近。

安西水丸在畫川本三郎和村上春樹兩人的頭像時，眉毛、鼻子、眼睛，五官幾乎完全一樣，只有川本頭髮長一點，村上頭髮短一點不同而已。有人還問過村上，他們是不是兄弟（《村上朝日堂反擊》，P239）。

村上春樹剛出道時，川本三郎就率先在文學雜誌上介紹。〈一九八〇年代虛無世代 村上春樹的世界1〉（《SUBARU》八〇年六月號）、〈都市中的作家們，村上春樹和村上龍〉(《文學界》八一年十一月號)、〈讀《尋羊冒險記》村上春樹的世界2〉(《文學界》八二年十二月號)。這三篇都收錄在《都市的感受性》中,成為解讀村上春樹早期作品的重要參考。

川本三郎是一位文化素養深厚,能洞見時代趨勢和作家特色的傑出評論家。雖然後來有許多人研究和評論村上春樹,然而以我個人的主觀似乎都沒有一位能超過川本三郎。

臺灣的讀者能比全世界的讀者率先讀到村上春樹作品的中文翻譯,我想也應該感謝川本三郎。

六〇年代是一個什麼樣的時代?

村上春樹的近作《1Q84》中所提到六〇年代的安保事件、全共鬥事件、安田講堂事件、聯合赤軍事件。都能在《我愛過的那個時代》中找到事情的來龍去脈。更能了解為什麼六〇年代對日本往後的影響會那麼深遠。

《我愛過的那個時代》也是一本充滿爭議性的書,價值觀從不同角度,有不同的解讀。

那殺人事件，應該堅持記者立場「隱匿消息來源」不報警？還是站在普通人的立場立即報警？

作者心理非常矛盾，當時報社主管也未能給他適當指點。

一個事件改變了作者的一生。

被警察逮捕，被報社免職，從一個青澀記者變成自由作家，後來成為傑出評論家，找到自己的另一片天空。這個轉變，或許反而是作者和所有讀者的福氣。

書中有許多自省的地方，學生自問：「你是誰？」作者自問：「記者，你是誰？」

許多人紛紛離去或死去。

大學生陸續離開校園。

有人尋短，有人互相鬥爭、抹殺。

天使般的美麗少女，也拋棄生命！

那個時代經常下雨。

雖然「雨」真的下了，但「雨」也暗喻子彈，就像中文有「槍林彈雨」的說法。村上的小說，常下雨。

那個時代美國歌曲，下雨也帶有反戰意含。心情上，其實並不簡單。書中淡淡寫來，卻藏著深深的沉痛。

她死掉了，我卻活下來，現在，寫著這樣感傷的文章。

死曾經是「我們」生的中心。

……

與其說喜歡爵士樂，不如正確說，是喜歡深夜可以暫窩的爵士喫茶店的我，和那些比我小五、六歲的瘋癲夥伴們，說要舉行一個柯川的「葬禮」，我們就到新宿西口的淨水場去。

……

另一位H也是個輟學的年輕人。在東京的高中、大學一路參加學生運動，六九年夏天不再去大學了。然後離家出走，到日本列島像候鳥般旅行。在福井鄉下當起農夫，到伊豆大島做樵夫的工作，到東京隅田川旁的山谷當土木工人，也當過長程卡車司機。這是當時學生運動所衍生的一種「脫落野郎」的生活方式。

…………只能默默、呆呆地，眼看著自己所做的夢，想相信的語言，一一死去而已。

…………我那時第一次明白，「不寫成稿子也是記者的工作之一」。

分析自己，也分析別人，分析別人，也分析自己。

《我愛過的那個時代》雖然是作者個人生涯中的一段短暫回憶錄，卻也成為見證一個時代的最佳紀錄，成為考驗年輕人價值觀的教本，成為解讀時代現象、世代個性、和各種作品的參考書。

或許因此，也使川本三郎成為一位傑出的評論家。

賴明珠

二〇一一年六月

Contents

從此以後
我們
長大了

曾經是小孩
的我們
大家都長大了

我們之中
一個人為了留學
剛剛從羽田機場出發

另一個人
72年那年 2月
在黑暗的山中迷了路

（**樹村** Minori〈贈品〉）

SIDE A

看了《沒有陽光》那天

時代一點都不溫柔，那個時代的象徵，說起來就是經常在下雨……

遇到六〇年代的影像，完全出乎我意料之外，無論如何都令我想起當年的往事。

那天，一九八六年四月，我在新橋一個試片室，看到一位法國獨立製片導演，克利斯・馬克（Chris Marker）拍的電影片名叫《沒有陽光》（Sans soleil）。

那是一部詩意的紀錄片，馬克在東京所拍攝的風景，沒有特別的故事情節，電影猶如流水般映出又消失。在貓的墓前祭拜的老夫婦、新幹線、汨橋的勞動者、貓頭鷹招牌、電視中的妖怪電影、蓋在大樓屋頂的神社、鬧區的居酒屋、電車上睡覺的乘客……

在這樣平淡的日常風景中，畫面突然出現戴著頭盔的學生們正在示威遊行。原本若無其事的東京街頭，突然插進這異物般的示威遊行場面，因為太出乎意料而讓我感到大受衝擊。

頭盔、遮住臉的白色毛巾、棍棒……一幕幕好似機械般處理過的負片剪影拼貼畫，讓現實中發生過的示威遊行看起來也像幻想中的事一般。只有這一片段看起來不是現在拍的，應該是六〇年代的事情。地點看起來是三里塚，那是場反對成田機場建設的鬥爭。我已經快忘記了，不，一直努力想忘記那段過去的我，突然無緣無故地被迫回憶起來。「真是的，我可不希望想起那些事」正當我想跳過這個場面時，傳來像是要蓋住映像般的女聲旁白。

《沒有陽光》的旁白是馬克自己寫的，有些是日記中的用字，有些是寫給朋友信中的句子。這段經過機械式處理的學生示威遊行影像，配上了如下的旁白：

如果不懷抱幻想去愛，就是所謂的愛，我，可以說愛過那個世代。我對他們的烏托邦理想國雖然並不心動，不過，至少他們以原初的聲音喊出了自己的主張……

學生之中，有以肅清之名在山中互砍對殺的；有因過度研究應該打倒的資本主義，而當上最佳核心要角的。跟其他運動一樣，這裡有陰謀家也有功利主義者。不過這個運動，就像切．格瓦拉說的那樣，讓所有『對任何不義氣憤填膺的同志』都站起來，這溫柔，可能比他們的政治行動本身擁有更長的生命。所以，我絕對不允許別人說，二十歲不是最美的季節。

《沒有陽光》裡學生示威遊行畫面時所配的這段旁白語句，深刻地烙印在我心中。「我，可以說愛過那個世代」、「這溫柔，可能比他們的政治行動本身擁有更長的生命」。一面看著《沒有陽光》，我一面不斷地反覆唸著這兩句話。而且在試映室的黑暗中，這兩句話讓我開始試著回想學生運動到處盛行的「那個時代」，重新憶起一九六八年到七二年這大約五年間的事。

有很長一段時間，我拚命地想忘記「那個時代」，因為發生了太多負面的事，所以不願意去回想，而且大家都認定那是一場噩夢。

許多示威遊行、暴力內鬥、政治挫折、死亡……而且那個世代的人不論是誰，對於聯合赤軍事件，可能到現在都還不知道該如何面對才好。在八〇年代中期異樣開明、富裕的時代裡，那樣黑暗的記憶顯然太不搭調，就似乎無處容身。我自己心中也不知道該如何處理「那個時代」才好，就算能裝出忘記的樣子，卻忘不了。「那個時代」的自己，和「現在」的自己，完全分裂成兩個，搞不清哪一個才是自己。想改頭換面重新做個「現在」的自己時，「那個時代」的自己卻一定會提出異議。海明威在《太陽照樣昇起》中寫過「白天一切都可以很輕易地保持冷酷無情，但夜晚卻是另一回事」，我的情況是「白天」和「夜晚」也經常分裂。就算「白天」能在八〇年代的東京過著優雅的生活，「夜晚卻是另一回事」，六〇年代的黑暗場景會片段地、突兀地浮現。

此時此刻，想忘記「那個時代」的心情；和即使接連發生了這麼多負面的事，我還是願意相信那時候的理念，不只是願意相信，甚至是想肯定那超越理念之上的理念的心情，還一直錯綜地糾纏著。而且時代變得愈開明（不過真的開明了嗎？）我內心想救出「那個時代」的心情愈強烈，但就算想救出也不知道有什麼方法。

我覺得《沒有陽光》中克利斯．馬克的話，對我來說忽然變重要了。「如果不懷抱幻想去愛，就是所謂的愛，我，可以說愛過那個世代。」我也想坦率地承認，這件事就從這裡出發吧。可能因為那「溫柔」的關係，我也一樣「愛過那個世代」。如果再度借用馬克的話，「不過這個運動，就像切・格瓦拉說的那樣，讓所有『對任何不義氣憤填膺的同志』都站起來，這溫柔，可能比他們的政治行動本身擁有更長的生命。」所謂「對任何不義氣憤填膺」的「溫柔」，換句話說，正是追求「正義」的心，或想把自己視為社會性存在、歷史性存在的念頭。法國的沙特（Jean-Paul Sartre）提出的問題：「有辦法跟飢餓的孩子談文學嗎？」現在可能會被視為毫無意義，那個時代能帶給我們這世代衝擊，或許是因為我們與其把自己視為一個個體，不如想視為一個社會性存在、歷史性存在的念頭更加強烈。不過，那絕對不是指把「我」這個個人部分獻給歷史性或社會性。反倒是堅持足以和歷史性和社會性對峙的「我」的存在意義。像全共鬥[1]這組織主張從既成政黨和政治獨立出來，擁有自己的固有語言那樣，我們個人也要從歷史性和社會性中自立起來，擁有我們自己的固有語言。

時代本身一點都不溫柔，越南戰爭是發生在一個小國的重大戰爭。無論報紙或電視都沒有一天沒有越戰的新聞。有僧侶的自焚事件、有游擊隊的公開處刑、有害怕汽油彈而逃走的少女、有在雨下個不停的泥沼戰場枕著沙袋睡覺、精疲力盡的黑人士兵。這幾種悲劇畫面，可以說是那個時代的象徵。

時代一點都不溫柔。清水樂團（Creedence Clearwater Revival）。繼續唱著〈誰能讓雨停〉（Who'll Stop The Rain）。瓊・拜雅（Joan Baez）唱著〈暴雨將至〉（A Hard Rain's a-Gonna Fall）。那個時代的象徵，說起來就是經常在下雨，路障底下都淹水。因為時代一點都不溫柔，所以才反過來追求「溫柔」。而「溫柔」表現在現實中時，又只能採取頭盔和棍棒這種粗暴的形式。因為「溫柔」只是遙不可及的理念，現實中並沒有。在現實中的理念，暴力這東西成了非暴力，相反地，非暴力的東西卻成了暴力。當下存在著「溫柔」的悖論。「我們」在戴頭盔和持棍棒的「暴力學生」中看到真正的「溫柔」，在高舉「反對暴力」常識性標語的「一般學生」和大學當局，或媒體和輿論中反而看到暴力。

當時，在各種路障中的直立標語看板上經常看到的標語，取自沙特和弗朗茲・法農（Frantz Fanon）如下的訊息，不正述說了這「溫柔」嗎？

『非暴力』的諸君！

請理解以下的事實——如果暴力是從今夜開始的，而這世界過去的壓

1 全學共鬥會議的簡稱。

榨和壓制都不存在的話，或許可以高舉非暴力的看板來鎮壓紛爭。然而，如果體制整體甚至連諸君的非暴力思想，都是受了歷經千年的壓制所制定的話，被動的態度只會把諸君推向壓制者的一方。

我想起一幕幕的場景：三里塚的機動隊和學生的衝突；新宿動亂那天到半夜還擠滿年輕人的大街；頭盔上寫著「向明日攻擊！」[2]，並準備參加阻止佐藤榮作訪美抗議示威遊行的高中生；占滿白山通的日大全共鬥示威團隊；電視畫面上的越南戰爭；從隱匿地點現身在日比谷公園集會中演講的山本義隆[3]。

無數畫面片段紛紛浮現，不知不覺間轉變成記號。「10・8」（一九六七年十月八日，阻止佐藤訪越南的羽田機場鬥爭、京都大學學生山崎博昭身亡）、「10・21」（一九六八年十月二十一日，國際反戰日、新宿騷亂日）、「18・19」（一九六九年一月十八日、十九日，東大安田講堂事件）、「4・28」（一九六九年四月二十八日，琉球反戰日）、「11・16」（一九六九年十一月十六日，阻止佐藤訪美鬥爭）、「3・31」（一九七〇年三月三十一日，赤軍派引發淀號劫機事件）、「2・22」（一九七一年二月二十二日，三里塚強制執行）……。

「10・8」「10・21」「18・19」，十八鬥爭、十二騷亂日、一八一九安田講堂事件……有所謂「地之神靈」的說法，或許時間也有「時之神靈」。「10・8」和「10・21」對我們這個世代來說就好像「8・15」和「6・15」那樣，變成「時之神靈」會出現的特別日子，只要一看到那記號，就會回想起各種景象來。

例如「18・19」，一九六九年的一月十八日那天發生東大安田講堂事件，我人在東京大學校內，但不是與全共鬥的學生們一起困守的安田講堂內。我不是跟他們處在一起，而是站在旁觀的一方。我在安田講堂對面的法學院大樓屋頂上，可以遠望學生們和受指示進入校內的機動隊間的「攻防戰」。我佩戴著所謂的採訪臂章，也就是擁有通往安全地帶的護照，混在幾位前輩記者中，正對安田講堂。在一月寒冷的早晨，空氣凍得令皮膚刺痛。誰也沒說一句話，凝重地保持沉默，只是盯著安田講堂。即使厭惡，我不得不思考著新聞記者所謂「旁觀立場」的客觀性。

2 日文原文「明日に向かって撃て」，為同時期上映的美國新浪潮名片《虎豹小霸王》（Butch Cassidy and the Sundance Kid）的日文翻譯片名。

3 1941年生，日本科學史家、自然哲學家、教育家、東大鬥爭全共鬥議長。

前一年夏天，我通過了朝日新聞社的徵才考試。因為待業了好一陣子，所以一得知錄取時，不等隔年四月正式就職時間，立刻開始以工讀形式，在朝日新聞出版局校閱部上班，做的是《週刊朝日》和《朝日雜誌》（朝日Jourral）新聞雜誌的校對工作。在這期間和出版局的前輩記者們熟絡起來。六八年夏天到秋天，東大、日大的全共鬥運動急遽熱烈起來，發展速度快得令人難以相信的地步。在此之前想要採取什麼行動都動不起來的每個人，個個分別因為孤獨的內心世界而悶著。在「自我否定」這關鍵語誕生的瞬間，許多學生都覺得「自己所想的正是這個」而深受全共鬥運動吸引。在這層意義上，這運動與其說是政治革命不如稱為思想革命更恰當。我當時雖說已經開始在公司上班了，心境上還是學生，因此對全共鬥感到共鳴，常常跟前輩記者們針對「自我否定」這件事進行議論。打從根本懷疑自己所依據的立場，這層意義的「自我否定」，甚至讓裝出「客觀性」的新聞記者這個職業也成為否定的對象。前輩記者們愈採訪學生，愈把學生所有的問題反射在自己身上，在正面意義上開始懷有危機意識。「自我否定」這句話，成為追究自我「你是什麼」的疑問。只要遇過一次之後，誰都會變得無法再當過去的自己了。正好六九年在日本公開放映的法語片《波莉瑪古，你是誰？》（Qui êtes-vous, Polly Maggoo?），所以那陣子記者們都學著自問自答「記者，你是誰？」

一月十八日，我還是工讀生的身分，沒有正式記者資格，但前輩記者說「我現在要去東大採訪，你也一起來吧。」邀我同行。知道去到現場也不能做什麼，因此剛開始我有點猶豫，不過結果還是「想去」的心情戰勝了。那天早晨，機動隊從六點半左右就開進東大，電視新聞開始熱烈報導。我可以說是滿腔「熱血奔騰」，迫不及待地想早一刻到安田講堂去和全共鬥的學生們共有同一個時空，想共同分擔他們的痛。

然而，站在法學院大樓屋頂，佩戴記者報導臂章站著一看時不得不感到，立志當新聞記者的自己和自命為「要塞狂人」覺悟將被逮捕而固守講堂的他們之間存在著很大的距離。外頭朝安田講堂發射催淚瓦斯彈，直昇機在上空盤旋，石頭不斷從講堂上方丟出。在那異樣的氛圍中，我只能不斷喃喃自語「記者，你是誰？」、「你只不過是個旁觀者而已」。

就在半年前的夏天，安田講堂前的廣場上全共鬥的學生們搭起各自的帳篷，他們製作出各種不同的直立看板大字報，頓時成了帳篷村。當時氣氛還很悠閒，有不少醫學院和工學院的學生。東大鬥爭的一個特色是從理工學系學生發起的，他們因為自己的研究即將被企業社會、資本理論組合進去，有了危機意識，驅使他們對這件事產生「這樣行嗎？」的自我懷疑。六〇年安保鬥爭時，那些人就算從街頭行動中敗下陣來，他們至少還有所謂學校這地方可以回去。他們還有受到大學所謂美好求學場所保護著的安心感。然而這次參加東大鬥爭的學生們，卻對那該回去的求學場所心存懷疑了。大學根本不是個美好場所，這裡本身就跟權力和體制掛勾。在大學求學這件事等於讓自己也逐漸變成加害者。例如現在這個瞬間，對於在越南戰場被殺的孩子們來說，置身美好求學場所的自己其實比誰都骯髒。

全共鬥的學生最重視的問題，是自己的加害特質。他們繼續懷疑袒護體制的自己，繼續自我處罰、自我否定。因此那與其一開始說是政治行動，不如稱為思想行動。與其說是一個追求某種具體解決方案的運動，不如繼續質問「你是誰？」的自我懷疑來得更重要。因此終於演變成一個沒有終點的永久懷疑運動。在現實層面看來，這是從一開始就已經預測到將會敗北的運動。

對全共鬥的學生來說所謂「大學改革」這具體主題，其實他們根本不在乎。那種東西說起來是屬於how to的指南，不如全面懷疑自己本身更基本的生活方式來得重要。與其問「大學要怎樣才能更好？」這種現實層面的問題，不如問「你是誰？」這種理念層面的事更重要。換句話說，學生們看重的是詩意的語言，並非政治語言。

或許這種全共鬥運動的運作方式，太重視倫理了。但一方面確實有追求改革的政治活動，另一方面也有「別這麼嚴肅，放輕鬆點」這種自我嘲諷的輕鬆調調（真情洋溢的輕薄態度）。革命口號和當時赤塚不二夫畫的人氣漫畫《猛烈阿太郎》中的角色「NYAROME」沒用貓的妙語如珠，在全共鬥運動中共存過。然而對於這些不屬於任何政治派系，也就是被稱為無派系激進份子的學生們來說，「我這樣下去行嗎？」步步逼問自己的自我懷疑才是他們最在意的。「我們」認為，不是要接受所有的價值觀，而是應該藉著懷疑來探尋自己的生活方式。我想是在尋找「到處都不存在的什麼」。在這層意義上，所謂的全共鬥運動未免太浪漫、太不合理了。

六九年一月十八日早晨。我無法面對安田講堂超過一小時。當眼前和自己擁有同樣想法的人，正把自我懷疑推向極限時，反觀自己卻在安全地帶「旁觀」讓我很痛苦。我對一個前輩記者說：「我想回去了。」他回應：「你要回去沒關係，不過因為痛苦就不再看的話，是當不成記者的哦。」這種專業意識我很敬佩，不過，要我留在現場還是受不了，於是離開了校園。我對於佩戴報導臂章走過機動隊前安全的自己也感覺很厭惡。

守在安田講堂裡的學生們堅守了兩天，第二天十九日傍晚，終於全體遭到逮捕。十九日下午五時四十四分，進入講堂裡的機動隊把屋頂的紅旗拆下。一切都結束了，然後，一切就開始了。

如果，我不保護自己的話，誰會保護我呢？但，如果我只想到自己的話，我又為什麼存在呢？（《怪獸17P》Natal'ya Sokolova著，草鹿外吉譯，大光社）。

後記

後來我才知道，擔任《沒有陽光》影片旁白的女性，原來是漫畫家、聲樂家池田理代子女士。

Side A

69年夏

回想起，那太陽非常熱的69年盛夏。我二十五歲。

一九六九年四月，我正式成為《週刊朝日》的記者。大學畢業後，待業了一年成為記者。時值二十五歲，年紀輕輕懷有無限的可能性，及什麼事都能做的意氣風發。

時代也還年輕、激進，那年一月發生過東大安田講堂事件。雖說全共鬥被迫改為後退戰，但各大學校園還遺留下路障。越平連（越南和平促進市民連合）不斷舉行反越戰示威活動，滾石樂團（The Rolling Stones）推出一首首暢銷歌曲。

我大四時就想當新聞記者。隨著越戰的愈演愈烈，日本記者跑新聞也明顯活躍起來。自由攝影記者飛到越南，在隆隆砲火中拍攝出令人感動的戰場照片，這英勇行動刺激了年輕學生。當時拍下越南戰場中被雨淋濕的黑人士兵的日本年輕攝影師，榮獲了美國普立茲獎，更增強我從事大眾傳播志業的決心，我就是想做那樣的工作。

於是，我就業目標只鎖定報社。因為學校成績不好，所以也很慶幸報社招考「不需要成績單」。第一年口試沒通過，當時跟主考官爭論安保鬥爭很不妥。如果徹底爭辯下去或許還好，我卻在中途放棄，反而可能給人留下不良印象。

因為完全沒考慮記者以外的工作，因此無所事事待業了一年。在新宿巷子裡一家酒吧當酒保，只要一有空就去看電影。正當炎熱季節，約翰柯川（John Coltrane）死掉了，新宿的爵士喫茶店裡徹夜播著柯川的曲子。越戰戰況愈打愈激烈。

六八年夏天，我再度參加朝日新聞社的考試。口試時，一個主考官說：「我記得看過你的臉。」我回答：「去年我來考過。我無論如何都想當記者，所以當了一年的浪人。」於是他很乾脆地簡單回答我：「好吧，一起來做。」當時待業的浪人還很稀奇，所以公司方面也嚇了一跳吧。

六九年四月正式進報社，我被分配到《週刊朝日》部門。因為是不惜當浪人也要進來的職場，因此每天都幹勁十足，展現出不服輸的一面。不過實際上的工作，卻像二軍的訓練那樣。到名作家的家裡拿稿子，幫忙校對，當前輩記者的助手，幾乎沒讓我寫稿子。一面看著前輩們拚命往外跑，穿越大學路障採訪示威活動，自己卻為了幫「女孩子流行花藝設計」專欄拍照，而到花藝教室去，這對年輕氣盛的人來說，實在真難受。

一個月之後才開始讓我寫報導，內容是講談社出版江戶川亂步全集，引爆怪奇小說盛行的專欄。雖說是只有一頁的專欄，卻花了我一整晚。我誠惶誠恐地交出去給主管時，卻被退回：「我們可不是大學校刊，稿子怎麼這麼青澀！」確實是充斥著觀念性用語的文學青年文章。鄰座的前輩教我「不必寫自己的意見，必須放進更多資料數據才能成為週刊雜誌的文章。」

我再度去出版江戶川亂步全集的講談社採訪，這次放進很多資料，重新改寫稿子。主編默默讀完就交出去付印了。可能由於這次的經驗，我到現在寫作時都無法改掉「發表自己意見不如引用資料」的毛病。就算在寫隨筆時，也會變成有點評論的調調。

美國導演亞瑟·潘（Arthur Penn）的《我倆沒有明天》（Bonnie and Clyde）大獲好評，《午夜牛郎》（Midnight Cowboy）和《逍遙騎士》（Easy Rider）之類所謂美國新浪潮電影陸續創作出來。在「別相信三十歲以上的人」的口號下，到處發生年輕人的反叛動亂。日本不只大學才有路障，高中也全面展開全共鬥運動。不是發生地震（earthquake），而是青年震盪

（youthquake）的時代來臨了。

到處可以看到年輕世代開始站出來為自己發聲——雖然如此，我仍然只是一名記者預備軍而已，上頭還不交給我像樣的工作。說是學習採訪，其實是指定要我站在新宿街頭對人一一發問「你皮包裡裝了什麼？」的工作。還遭中年婦人破口大罵：「多管閒事！」年輕女孩則趕緊逃走：「別問這種怪問題好嗎？」滿懷理想當上新聞記者，沒想到卻落到這個地步，自己到底在幹什麼？真厭惡自己。

那年七月，阿波羅11號登陸月球表面，堪稱國際大事，還是新手的我也奉命加入這個採訪小組。興沖沖地想這次應該真的會是有趣的工作了，沒想到卻是住進飯店裡，一邊盯著電視機的太空實況轉播一邊把那畫面描述記錄下來（當時還沒有錄影機）。還有轉播結束後，開車接送出席座談會的教授，都是如此無趣的工作找上我。

每天盡是這般無聊事情一件接著一件。到了夏天，越平連在新宿西口地下廣場舉行反越戰音樂會，每逢星期六晚上就會聚集很多年輕人。他們就是所謂的民謠游擊隊（folk guerrilla）。我每次都以採訪為名，到西口去參加集會。

日本的夏天是死者的季節，是追悼戰爭中死去的人的季節。

那年，《週刊朝日》以「我的八一五」為題，徵求讀者的戰爭體驗。我想稿子頁數大概是四百字稿紙十頁左右，投稿人數記不太清楚了，應該不下千人，需要三個大紙箱裝的地步。

我的工作是先讀過全部的投稿，選出有感覺的稿子。剛開始還很失望「怎麼又是打雜啊」，然而開始讀之後，才發覺很多有趣的作品，開始受讀者的戰爭體驗強烈吸引。

每天早晨一上班，我就關進小會議室裡，讀著一封封的投稿，不管多稚拙的文章，都充滿著手寫稿的魄力。平常不太寫文章的人所寫出的文章中，有親身體驗的重量。而且因為主題是「八一五」，所以文章寫到了親人的死亡或飢餓，戰場的悲慘體驗等相當戲劇化的內容，一整天讀下來，連頭腦都疲倦不堪。但總算體會到進公司以來第一次擁有像樣工作的充實感。稿子中的「八一五」，有著和外面世界發生的「越南戰爭」相抗衡的緊張刺激。

我初步選出幾篇候選作品後，再由主編和總編輯審閱，三個人做了最後的決選。

幾篇選出的作品，現在還留在印象中的，一篇是經歷過二戰的戰中派人士描寫撤退時的悲慘經驗，另一篇是二戰後才出生的戰後派所寫，完全沒接觸過戰爭的「我的八一五」，這篇文章在多是戰爭體驗的作品中，卻能大放異彩，投稿者是一位二十歲，在小酒館上班的女性。我特別強烈推薦希望把這兩篇加進入選作品中。很幸運，主編和總編輯也都喜歡這兩篇，因而入選。

接下來的工作，是拜會並採訪這些投稿者。除了為取得作者的親口發言和大頭照之外，同時也有必要確認是不是本人親自書寫。等於一種身分調查。

這麼費事的工作，當然就落在新進的我身上了。不過，當時我已經對這「打雜」開始感興趣了。比一邊看電視太空實況轉播一邊彷彿親眼看到般描述登陸月球表面的模樣，要來得起勁多了。

我對這兩人深感興趣。寫出「我的八一五」主題，自己卻幾乎沒接觸過戰爭，又能描寫寂寥同居生活的女人，究竟是什麼樣的人？撤退時目睹因飢餓而日漸衰弱的妹妹死去的男人，現在到底在什麼地方做什麼？

我決定依投稿上所寫的住址，親自拜會這兩個人。正值盛夏的暑熱中。美國在紐約州胡士托所舉辦的戶外搖滾音樂會，那四十萬人主張「Love & Peace」的狂熱也傳到日本來了。另一方面發生了查爾斯・曼森（Charles Manson）殺害女明星莎朗・塔特（Sharon Tate）的淒慘事件。披頭四（The Beatles）的〈Get Back〉和 5TH Dimension 的〈Aquarius〉正暢銷。自從開始讀「我的八一五」之後，肩頭的力量也終於得以放鬆下來似的。我體認到原來並不是只有衝進最前線才是記者的工作，總算稍能鎮定下來，可以寬心地看一看周圍，也開始會和前輩們一起去喝酒了。

「我的八一五」的女性投稿者住在荻窪車站西口的公寓裡，我白天去造訪時她不在。不過，至少確認到寫這稿子的人確實存在。公寓管理員告訴我，她經常會去附近的喫茶店，也許可以去店裡面碰碰運氣，因此我就在中央線鐵路旁一家年代古老的「歌聲喫茶店」[1]般的地方，消磨時間等她。

在喫茶店等了一小時左右，卻沒有像她的女人出現。我對老闆說明來意，說是來找住在附近公寓的女人，他也許認識，如果認識，可以請她跟我聯絡嗎？我遞上名片，正要準備離開。

結果那個男人親切地向我搭腔。「哦？那個女孩子在寫文章嗎？我完全看不出來。」

「她是什麼樣的女生？」我不禁好奇地問。

「什麼樣嗎？怎麼說才好呢？長得美美的、胸部很大的女孩呀！」老闆一連說了幾次，難以相信她會寫文章。

「她是做什麼的？」我問時，他欲言又止地隨意帶過，惹得我更想知道。

「是女演員啦。」他說。在我問了幾次之後才終於這樣回答。「咦，女演員？」——可是，稿子上所寫的名字，是連喜愛電影的我聽都沒聽過的。這可能是本名，但她另外有藝名吧。

「藝名是？」一問之下，男人更含糊其詞。

1 1955年前後從新宿開始流行到日本全國日本的一種飲食店形型態，在一位主唱者帶動下，店裡客人一起合唱。有鋼琴或手風琴伴奏。主要唱俄國民謠、童謠、民謠、勞動歌、反戰歌。

「說到《週刊朝日》，是內容很生硬的雜誌吧？可是這樣說出來不知道是不是妥當，說是女演員，其實是黃色的喔——」

原來如此——她是黃色電影的女演員哪。於是我總算弄明白了。因為她的稿子，寫的是鄉下出身的年輕女孩到東京來，一邊飽受男人們蹂躪著，一邊活下去的激烈青春。

當時是黃色電影的全盛時期。在舉行東京奧運的一九六四年前後，見不得光的檯面下誕生的黃色電影，一邊支持著高度經濟發展的日本於地下活躍著，觀眾著實地增加。名叫谷直美、辰巳典子、香取環、城山路子、松井康子（牧和子）等安靜的女演員們，在郊區的小電影院裡悄悄展示她們耀眼的裸體。我受那陰暗的盪漾情色所吸引，從大學時代開始就常常去看黃色電影。進了報社以後，一個月也會去一次左右。

不過黃色電影畢竟是暗處下的花朵，還是不好對大家大聲宣稱自己喜歡黃色電影。女演員們也都藏身在暗處。因為是低預算下所拍的黃色電影，因此女演員們片酬也低。雖然不比《女工哀史》那麼嚴重，不過「女優哀史」的悲哀事情也略有所聞。

那樣的黃色電影女演員，居然會寫稿子投到《週刊朝日》。雖然不是有名的女演員，不過也足以成為一個「話題」，立刻可以寫成一頁報導。我剛開始還興沖沖地想到，要立刻見她，為她拍照寫一篇報導。

不過，在荻窪昏暗的喫茶店裡邊喝著水水的冰咖啡，又改變心意想到倒不如別見她就這樣回去吧。有句話不是說「路邊的紫雲英還是不要採」，所以我不想報導藝名這一面的她。她寫了稿子寄來，我想還是用她平凡常見的本名署名，只寫簡單介紹就好了。我那時第一次明白「不寫成稿子也是記者的工作之一」。

回到報社，我只向主編報告「署名的本人確實存在」，主編也沒再多問什麼。

她後來成了一位文章樸實卻很獨樹一格的作家。每次她推出新作品，我都會買來讀，並憶起那個炎熱夏天的事。能從超過千篇以上的應徵稿件中挑選出她的稿子，我一邊對自己身為一個「編輯者」確實有眼光而感到得意，一邊想在遠處默默為她的成功鼓掌。

「我的八一五」徵文中寫戰敗撤退經驗的男人，地址不知怎麼地竟然是多摩地區的醫院。剛開始我還以為是在醫院工作的人，但向醫院打聽之下才知道是住院的病患。是得了肺病嗎？或說不定是癌症患者？

還沒見面，我心情就已經沉重起來。醫院位在郊外私鐵沿線的田野間。盛夏的炎熱天氣下——現在翻開舊行事曆看看，那天是一九六九年八月二十九日星期五——，我在驕陽烈日下往醫院走去。不知怎麼，腦子裡浮現卡繆《異鄉人》中「今天，媽媽死了。」開頭這樣一句。是炙熱太陽的關係嗎？可能是那田野的風景和一年前公開放映的電影，維斯康提（Luchino Visconti）的《異鄉人》第一幕，很像的關係吧。

我拜訪的男人，沒有雙手和雙腳。

年齡大約五十歲。病床上的他，就像光溜溜的蟲子那樣躺著。他說稿子是用義手寫的，我不知道該回答什麼才好，不知道該問什麼問題才好。在炎熱的太陽下一路走過來，頭腦已經一片茫然，眼前男人的體態印象未免太強烈了。

他是個溫和的男人。對於完全不知所措的我，為了別讓我一直在意著殘廢者這件事，而找了夏天高中棒球賽和職棒這種極為平常的話題跟我聊。他用枕邊放著的電晶體收音機收聽棒球比賽，用義手拿著推理小說閱讀。這些是他的樂趣。他說：「推理小說是一種遊戲對吧？可以讓人忘記現實這一點很好。」

因為工作要有所交代，所以我鼓起勇氣問：「可以拍照嗎？」他輕聲地說：「請便。」按下快門之後，我的心情也總算鎮定下來。才有膽量掏出筆記本來，問他撤退當時的事情。

在問著之間，才知道這個人也有小孩。不過，他說那孩子可能完全不知道自己是他的父親。因為突然撤退的關係，回到日本後，不得不作四肢切除手術。那時跟妻子分手，她帶著當時還小的孩子離開了他。

「那個孩子，也該長得和你差不多大了吧。這時候，如果像我這樣的人自稱是父親出現在他面前，他一定也很困惑。」他說道。我不知道該怎麼回答才好。

訪問完之後，又在太陽下，走過田野間的路回到有樂町的報社。我刻意刊出他的照片，因為或許，那張照片是他第一次也是最後一次的精采舞臺，或許他想讓不知身在何處，不知父親在哪裡的孩子看到他的身影，告訴他父親還健在喲。

後來他怎麼樣了，孩子有沒有找到父親——直到現在我也無從知道了。只是，至今我還能感覺到六九年夏天結尾那炎熱的太陽。

認識了「我的八一五」徵文的這兩個人之後，我覺得自己的意氣風發已經收斂下來了。不管對遊行示威的採訪或對路障內的採訪，無論什麼都不覺得怎麼樣了。

那也是個還殘留著夏日炎熱的時分。我在吉祥寺的井之頭公園遇見一個令人印象非常深刻的青年。我會走在平日的井之頭公園只是想享受一下休假而已，那時已經沒有「這裡可能有什麼有趣題材……」的高昂興致。雖然當上記者了，但已經開始想當一個稍微「安靜」一點的記者。平日的井之頭公園裡不知怎麼有很多抱著吉他的男人。流浪的吉他手，到了晚上會到新宿的酒吧街去，但白天他們則會到不妨礙人的公園裡練習唱歌。公園裡到處都是這種堅強的流浪藝人。

其中有一個年輕人，不是唱流行樂曲，而是唱民謠。唱著巴布·迪倫（Bob Dylan）、或彼得保羅與瑪莉（Peter, Paul and Mary）的歌。我覺得親近而跟他談起話來，他說想當漫畫家，非常喜歡民謠，常常會在吉祥寺的喫茶店裡彈唱。眼光看來相當和藹可親的好青年。我還主動跟他到吉祥寺的租屋住處，一起唱〈Blowin' In The Wind〉、〈Puff The Magic Dragon〉等。

今年夏天，有一個叫三橋乙揶這樣怪名字的人，寄了一本叫《原野無邊》的漫畫書給我。是由發行漫畫雜誌《GARO》的青林堂所出版的書。三橋乙揶？到底是誰？……讀到「後記」才曉得，居然是那時吉他青年的漫畫處女作品。「後記」中寫到還記得在「井之頭公園認識的川本三郎，到我住的地方來找我，那時帶來慰勞我的肉包子非常好吃。」啊，原來是那個三橋！

當晚我好高興，一邊獨自喝著啤酒，一邊一頁頁翻著三橋的漫畫。並回想起，那太陽非常熱的六九年盛夏。

我二十五歲。

這稿子裡，後來成為作家的「二十歲在小酒吧上班」的女人是鈴木IZUMI。怎麼說呢？她在刊登這篇稿子的《SWITCH》雜誌發行後，緊接著就在八六年的二月中旬自殺。在自己家上下鋪床用絲襪上吊自殺，而且是在孩子的身旁，這樣壯烈慘絕的死法。三十六歲的死——。

三橋乙揶先生，後來，成了音樂人（創作歌手）以SHIVA的名號活躍歌壇。

我想她一定是個比別人加倍溫柔的女孩，但似乎不喜歡當一個藝人，做演員這個工作。

蒙受幸福恩惠的女子，之死

SIDE A

偶像歌手岡田有希子跳樓自殺時，讓我想起約十年前的夏天，從蒲田的陸橋跳到橫須賀線電車自殺的年輕清純派演員。

二十二歲就死掉的保倉幸惠。

現年三十五歲以上的人可能還記得這個名字。她就是從一九七〇年開始大約兩年間，擔任《週刊朝日》封面模特兒「幸惠」。

她對《週刊朝日》來說就是所謂的幸運女神。在她擔任封面模特兒的兩年之間，正好和我在《週刊朝日》上班的期間重疊，因此對她有特別的感情。那兩年間，也是大學紛爭和成田機場三里塚鬥爭發展最激烈、最熱烈而漫長的兩年。

我想當時的她和現在的岡田有希子同年齡。一九七五年死掉時是二十二歲，因此第一次在《週刊朝日》亮相時是十七歲。和現在活潑的「辣妹」不同，她是個比較符合「少女」說法的可愛女孩子。

那陣子《週刊朝日》因為週刊雜誌間競爭激烈而陷入苦戰。後起出版社系統的週刊雜誌會刊登裸照促銷，《週刊朝日》目標是「日本的《紐約客》雜誌」，當然不可能刊登裸照（這個方針到現在都沒有改變），但畢竟也不是只靠「朝日」的名字就能賣雜誌的時代。過去曾經誇耀一時的百萬冊發行量，開始急速下降（當時我想大約掉到五十萬冊到六十萬冊之間）時，帶來了不尋常的危機感。

起用十七歲無名少女模特兒當封面的創意，就是為了度過這危機所展開的策略。

是經過什麼樣的過程選出她來的，身為末端小職員的我也無從知道。有一天，只是在編輯會議上聽到總編輯發言，以後每星期要起用保倉幸惠這個新演員。每星期，用同一個模特兒，在當時（就算現在）我想都是相當冒險的。後來聽說上面的反對意見也很強。

不過，總之，已經定案每期《週刊朝日》的封面都會有「幸惠」。她剛開始還給人有點不自然的印象，但表情漸漸自在起來。《週刊朝日》一直以來的讀者以中道的人居多，因此對她那沒有瑕疵的笑臉懷有好感。因為是在青少年雜誌開始氾濫使用妙齡少女裸照的時期，所以她那清純派笑臉，給人溫柔文靜的印象。既沒有千金小姐的做作，也沒有平民百姓的俗氣，說起來算是擁有超越中產階級的優雅氣質。這正好和《週刊朝日》平均讀者階層的印象相吻合。

三月女兒節時，快樂地玩賞著人偶的「幸惠」、梅雨季節在雨中撐著傘的「幸惠」、到了夏天享受著海水浴的「幸惠」……每個不同季節都拍下符合情境的定裝照片，製造出讀者也很樂於見到正在發育成長的情境。擔任封面人物半年之內，她也成為《週刊朝日》的幸運女神，受到相當程度歡迎。

話雖如此，對一個普通職員的我來說，她畢竟只是一個「封面女郎」，我跟她本人幾乎無緣接近。她偶爾會來編輯部玩，我也只有「哦，她來了」這樣程度的感覺而已。而且二十幾歲中期的我，正一心一意努力想當個硬派記者，內心難免不服「什麼少女模特兒」。各地的大學正築起路障，學生和機動隊正起衝突。農民在三里塚繼續進行反對興建成田機場的鬥爭。那樣的紛亂時期，「什麼『幸惠』，什麼幸運女神」，我一點也不服氣。

第一次和她直接談話，我想是經過半年左右之後。

那時候我還單身，正享受著隨心所欲的生活。一到週末，就會到新宿或銀座的電影院通宵看東映的流氓片、或美國新浪潮電影，黎明時分才回到報社睡覺。報社為了徹夜加班的記者設有簡易的床，我喜歡睡在那裡。報社裡也有澡堂般的大浴室，這是為了在印刷廠工作的人而蓋的。到這裡泡澡也是我的樂趣之一。

看完通宵電影，回到報社，泡過澡，然後鑽進養蠶棚架般的床上睡覺。醒來時已經是星期天下午了，刷牙、刮鬍子後再進編輯部的辦公室。平常人多事雜一片忙亂的編輯部，星期天那個時段卻幾乎沒人，靜悄悄的。我總在那裡讀讀和工作無關的閒書，或看看電視度過星期天的午後。我最喜歡這個時間，倍感輕鬆。星期天會出現在編輯部的，除了我之外只有最資深的K兄，這資深前輩因為夫妻感情不好，曾說過：「總之我不想待在家裡。」後來，真的離婚了。

第一次直接跟保倉幸惠談天，就是在那樣的星期天。她一個人好像是來銀座玩或什麼的回程，順道來編輯部看看。結果只有我一個人在，因此自然和她聊起來。

那時我在《週刊朝日》連載過三次「東京放浪記」的報導。那是描述我有一天口袋裡只放了五百圓，就出門到東京街頭去，然後一個月在東京到處流浪，一個月後才回到報社，把那期間的見聞寫成紀錄的體驗報導。那一個月，我既不去報社上班，也沒回家，更不透露記者身分。只是一個人像流浪漢那樣在東京漂流。我在編輯會議上提出這個企劃案時，沒想到真的會得到ＯＫ的答覆，總編輯要我立刻去做，就批准了。我想那還是個很悠閒的時代吧。

起點選在山谷[1]，住在所謂doya的簡易旅館街，跟勞動者一起到大樓的建築工地去勞動，到東京灣當碼頭搬運工，到當時興建中的京王廣場飯店幫忙塗油漆。以勞動肉體存一些工錢，接下來想玩則到新宿去。那時候，新宿有很多遊手好閒的年輕人，社會稱他們「瘋癲」，等於和製的嬉皮。我跟他們一起像野狗般在半夜的新宿街頭閒逛，被流氓追逐。把都電的車庫據地當藏身窩，跟認識的流動攤販青年一起，在街頭賣還沒長大的兔子，宣稱是「絕對不會長大的迷你兔」。

每天持續過著不知到底是在工作，還是在玩的日子，一個月轉眼就過去了。突然想家起來，打電話到報社，主編說：「差不多該回來了。」好像在等那句話似的，結束了流浪生活，和在新宿成為朋友的遊民和攤販青年告別倒有點依依不捨，同時對於沒有對他們表明自己的身分而說謊也感到愧疚。他們是真的遊民，跟他們比起來，我只不過是裝的，也等於是騙了他們才成為朋友的。擁有完成工作的滿足感之餘，同時也為奇怪的罪惡感所煩惱。

任何採訪者都會萌生這種感情，因此我雖然思考過就記者的專業來說，睜一隻眼閉一隻眼是很重要的，然而那時還年輕，沒辦法看那麼開。從流浪生活回來開始寫報導時，在連載的最後，我老實地寫出那愧疚。

「在流浪過程中遇到很多人，都是在平常的採訪中無法碰到的愉快面孔。雖然如此，這畢竟是『工作』。工作完畢後，不得不和他們告別，我終究只是與他們『交錯』而已。」

主編對這樣感傷的文章說：「年輕傢伙真沒辦法。」便不動手修改就讓我過關了。

星期天，第一次跟保倉幸惠談話時，她說我寫的「東京放浪記」很有意思。還說我對採訪對象感到愧疚而耿耿於懷的那部分，讓她最有共鳴。

1 東京都台東區及荒川區按日計酬勞動者聚居的地區。

光是被稱讚已經夠高興了，何況是被自己原來一直忽視的年幼女孩道中心思，讓我一下子就成為她的戲迷了。不，以年輕氣盛的我來說，可能興起「哦，這女孩子，真不簡單嘛」念頭的程度。

藉著這次的機會，我跟她逐漸熟絡起來。《週刊朝日》編輯部的平均年齡超過三十歲，二十六歲的我，在編輯部裡是最年輕的，對她來說可能也是最容易談話的對象吧，對電影和音樂的喜好也相近。

有一次，我們一起去看電影。由傑克．尼克遜（Jack Nicholson）主演，鮑伯．瑞佛森（Bob Rafelson）導演的美國新浪潮電影代表作之一《浪蕩子》（Five Easy Pieces）。我記得那時電影備受今野雄二讚美，她可能讀了那篇影評而想看這部片。兩個人星期天，去了昴座電影院看。

當時《我倆沒有明天》、《虎豹小霸王》、《逍遙騎士》、《午夜牛郎》等美國新浪潮電影陸續公映，帶給我們年輕世代新鮮的衝擊。實際上，我甚至到現在光聽到這些片名，心都會亢奮起來。新浪潮電影在美國電影中，是年輕世代開始有自我主張的新電影。

《浪蕩子》就是這新浪潮電影中的一部，由《逍遙騎士》開始受歡迎的傑克．尼克遜飾演煩惱的青年。他生在美國東部的良好家庭，卻離家在美國四處流浪，然而他在那流浪生活中也未能找到希望。在體制和體制外都無法找到自己定位的傑克．尼克遜，最後懷著沮喪的心情朝北方再度邁出旅程中結束了電影。

電影結束後，我們走進餐廳或喫茶店。我對電影還有點無法釋然，總覺得傑克．尼克遜的煩惱是奢侈而遙不及的，他明明是個比他人幸福的大少爺。

「妳覺得電影怎麼樣？不太有趣吧？」我說。出乎意料之外她竟回答：「很有趣。」

「哪裡有趣？」我問。她說傑克．尼克遜哭的地方。我幾乎不記得有那一幕，到現在都記不清那部電影中傑克．尼克遜真的哭過嗎？

她說傑克．尼克遜確實哭了，還說：「我喜歡看男人哭。」

對於喜歡黑道電影，認為逞強才是男人氣概的我來說，她的意見令我感到意外而新鮮。

「在《午夜牛郎》中，達斯汀．霍夫曼（Dustin Hoffman）也說過『好害怕、好害怕』地哭了。你記得嗎？」

「不，不記得。哭的男人就不是男人。」

「沒這回事。我喜歡敢盡情哭的男人。」

這是我們的對話，現在想起來，她的想法猶如「大發現」，美國新浪潮電影把過去美國電影中的禁忌——哭男堂堂地示人，創造出新的男人形象，「男人也可以哭」。過了幾年（她自殺之後），我寫了〈美國電影中所見的『哭男』系譜〉一文，就是從那時候，和保倉幸惠的談話中所得到的啟示。

我想她一定是個比別人加倍溫柔的女孩，但似乎不喜歡當一個藝人，做演員這個工作。她曾經說過當繪本作家是她的夢想，經常珍惜地攜帶著據說是從IENA郵購買的美國繪本。有一次她借我看，沒想到在還她之前她卻過世了，因此那繪本出乎預料之外地成了她的「紀念品」。

大約三年前，比我年輕的劇作家高取英在出《聖米卡拉學園漂流記》戲曲隨筆集時，我從隨筆中得知他是保倉幸惠的熱情支持者，就把沒機會還的繪本讓給了高取英。因為他畢竟從她登上《週刊瑪格麗特》封面就開始狂熱支持她了。根據高取英的說法，十歲出頭的她是和《少女朋友》的高見艾米麗、《週刊瑪格麗特》的寺尾真知子齊名的人氣少女模特兒。我完全不知道當時的她。

她擔任《週刊朝日》模特兒的那個時代，說來就像我寫過幾次的那樣，正是新左翼運動的最盛期（也是急速退潮期）。那個時期，在新聞界《週刊朝日》所扮演的角色，算比較保守的。同樣是朝日新聞社所出的其他週刊雜誌如《朝日雜誌》和《朝日畫報》（Asahi Graph）就清楚打出支持新左翼的主張，然而《週刊朝日》不直接介入狀況的老大態度，卻始終沒有動搖。

這一點讓報社從裡到外成為新左翼勢力批判的標靶。我在心情上是同情新左翼的，然而到大學去採訪示威活動時，卻會被說「《週刊朝日》的請回去」而拒絕採訪。看到明明比我還保守，卻只因屬於《朝日雜誌》而被允許進入路障內採訪的同事時真覺得懊惱。

在報社內《週刊朝日》編輯部的成員也神氣不起來。在酒館裡就經常會被《朝日雜誌》和《朝日畫報》的激進記者們批判：「你們那邊在幹什麼啊。」

終於這種對《週刊朝日》的批判，也衝著幸運女神「幸惠」來了。她和社內記者亂搞之類的下流謠言也像真的般傳開，和她「好像走得很近」的我，竟也成了被批判的標靶。其他同業的朋友還特地忠告我「在報社裡最好別跟『幸惠』黏在一起」。

我心想：「多管閒事！」因為我知道部門裡是誰在暗戀她，所以不希望被捲入這種流言，何況男人喜歡女人，有什麼不對！

然後，七一年五月，社內人事大調動，我從《週刊朝日》調到《朝日雜誌》，以後就不太見得到保倉幸惠。

保倉幸惠又回到原來「少女模特兒」而遙不可及了。她終於以演員身分開始嶄露頭角，在電視劇中演出。我看到她出現在NHK晚間時段，漫畫家永島慎二原著《黃色的眼淚》電視劇中，覺得好懷念——寫出這樣充滿感情的文章，好像我跟她有什麼特殊關係似的，其實完全沒有。我想對她來說我只是編輯部的一個成員，只是碰巧因為年齡相近，一起去看過一次電影而已。事實上，我離開報社後，跟她已經完全沒有關係。只是我單方面，把她當成我青春時代的一段回憶，鮮明地記著她而已。

然後，那記憶，在她選擇自殺這樣特別的死法之後，又變得更鮮烈。

保倉幸惠就像開頭所述那樣，一九七五年七月八日清晨，從浦田的跨線陸橋上，朝久里濱開往東京的橫須賀線電車跳下自殺。年齡才二十二歲。

那天，據說她清晨五點左右離開家門，因為時間太早，父親還問她要去哪裡，她回答：「去散步。」最後是跳下橫須賀線。據說警察並沒有確認出身分，就以身分不明火葬了。以二十二歲的輕輕芳齡，工作也很順利，因此誰也沒想到她會自殺。

只是看了當時的週刊雜誌報導，她父親留下「幸惠是個沒有欲望的孩子，她說過『我不適合演藝圈』」的說法。對於會對《浪蕩子》的傑克・尼克遜哭的模樣產生共鳴的她，或許沒有足以在競爭激烈的演藝圈活下去的強悍吧。根據那本週刊雜誌報導，她從玉川學園高中畢業時，提出的專題是約翰・藍儂（John Lennon）。能夠免於知道藍儂後來悽慘的死法，對她來說或許算是唯一的幸福。

我幾乎不知道她的私生活，她住在浦田，自殺現場就在家附近。

我記得有一次，開車送她回家。那時候她說，不想讓人看到自己的家，不想讓人知道她家，要我在快到家前停車。後來，聽攝影組負責拍照的人說，她經常都這樣，可能沒有人到過她家。

從六〇年代到七〇年代的政治狂熱季節，製造出許多年輕死者，許多匆匆活著、匆匆死去的人。在那個季節度過青春的人，身邊應該都有人死掉。那時候的事，任何人的記憶中都不可能沒有死去的人。我想保倉幸惠這位少女，也是那些死者中的一位。

她死掉了，我卻活下來，寫著這樣感傷的文章。曾經對我假裝成遊民寫「東京放浪記」時感到共鳴的她，讀了這文章可能會說：「你又在假裝知道我的事，把我當題材寫嗎？」或者她早就把我忘掉了，正好好安息了呢？

一個特別蒙受到幸福恩惠的女孩子，一九七五年夏天，死了。

SIDE A

死者們

日常生活中到處都有人死掉，生的中心就有死，而且「我們」並不避開那死，反而想去親近。

當上《週刊朝日》記者不久後，第一次有「採訪了卻沒寫成報導」的體驗。

六九年八月，那時全共鬥運動正在全國大學，甚至高中蔓延開來。我想試著從其中隨意選一家比較小的、不太有名的大學全共鬥的學生採訪。這是週刊雜誌記者經常採取的手法，會逆向操作選無名的、小的、會被忘記的來特別報導，報導的標題可能是「只有一個人的全共鬥」。不是東大全共鬥或日大全共鬥那樣有名的全共鬥，而是小型大學的全共鬥學生是什麼樣子。

我想試著採訪看看，因而和文京區一家小型大學的全共鬥學生取得聯繫。到小石川植物園附近學生住處去訪問幾個學生。在一間大約六塊榻榻米的小房間，聚集了五個學生來接受我的採訪。看來全都是第一次見到媒體記者般緊張、很老實的學生，五個都是從鄉下來東京就學。過去我在採訪時所見過的全共鬥的學生們，大多在聽到我是《週刊朝日》的記者身分時，就會露骨地表示反感。一定會撂下「布爾新的請回！[1]」這樣凶惡的批判。相對地這五個人始終都很乖、很有禮貌。對於覺悟可能遇到「布爾新的請回！」式抗拒的我，反而為他們的單純反應感到驚訝。

對我的問題他們的口風倒也很緊，感覺好像找不到想說的話似的。「雖說是全共鬥，但我們並沒有什麼大的組織。只是心情上想和東大的學生和日大的學生同一陣線，所以稱為全共鬥」「其實老實說，我們也不太清楚自己的目標是什麼。只是安田講堂事件讓我們受到強烈的衝擊。想要思考那衝擊是什麼，所以大家才聚在一起。」他們斷斷續續地吐露心聲。「如果鄉下的父母知道我們在從事這樣的政治運動的話，一定會很生氣。」也有學生真的很擔心的樣子。

談話內容實在太老實一般了，讓我抱著「這實在不適合報導」，和「從不適合被週刊雜誌報導的話中，才更能看出學生真正的姿態」兩種截然不同的心情，回到報社跟主編談到採訪情況。主編說：「太平凡了不適合報導。」我只能順從他的意思。週刊雜誌這種商業雜誌，因為無論如何都需要「有趣」話題，所以我雖感到無奈也沒辦法。

我從此沒再和他們見面。不過到了秋天，那家大學的全共鬥運動逐漸擴大起來。報紙社會版上常常可以看到那家大學。「看來這下子有意思

1 學生運動者看到朝日新聞或讀賣新聞等報記者的名片，就會說：「布爾新請回」，拒絕接受布爾喬亞中產階級報社新聞記者的採訪。

了」身為週刊記者我也這樣反應，並想再去見一次八月間訪問過的學生們，現在應該可以聽到什麼「有趣」事情了。

我試打了他們中的一人的住處電話，打了幾次都不在。於是直接到他住的地方去看看。不在。又到學校去看，學校鎖起來了進不去。我到學生們可能聚集的喫茶店去一間間找。在其中一間店總算看到上次採訪過的一個學生，他口風很緊，似乎比上次見面時更提高了對我的戒心。雖然如此但經過一段時間後，就像上次那樣一點一點地談起來了。從他口中，才知道我打電話聯繫的那位學生，在十天左右之前，吞安眠藥自殺了。他是大三生，自殺原因不太清楚，不過在喫茶店遇到的學生對我說，可能是故鄉的雙親繼續強烈地告誡他別再參加政治運動，造成沉重的心理負擔吧。據說本來他們只打算朋友間為他辦個葬禮，但雙親從故鄉趕來，由家裡的至親辦了葬禮，將遺骨帶回家鄉去了。

我把他的話筆記起來，並請他介紹這位自殺學生的其他友人。我想寫一篇「小型大學全共鬥學生之死」，這可以成為一篇報導。這次死了一個學生，所以八月當時說過「太平凡了不適合報導」的主編，應該會讓我報導吧。因為對週刊雜誌的記者來說，「不幸」也是適當的題材。

我一一問過每個學生對他的想法，學生們當然不願意多談。加上對週刊雜誌記者的我懷有反感和戒心，他們自己也煩惱不知道該如何看待朋友的死才好。到最後大家都悶不吭聲，而且本來可以責備我的，最後卻反過來向我道歉「對不起，沒辦法給你好好答覆」。那謙虛和溫柔，反而讓我不安。

結果，我並沒有把這小事件寫成報導，卻寫了另一篇〈遺稿集風潮〉取代。那一陣子學生們之間，常常閱讀到自殺的學生，或和機動隊起衝突而死的學生所留下的手記、信件整理成的遺稿集。除了奧浩平《青春的墓碑》、高野悅子《二十歲的原點》等由大出版社出版的書之外，還有許多死掉學生的朋友們主動出版的自費書。

實際上，那是個身邊有很多人死掉的時代。在越南戰場上每天都有人死掉。在美國和英國，搖滾樂手年輕輕就身亡——布萊恩．瓊斯（Brian Jones，一九六九年七月三日歿）、吉米．漢德利克斯（Jimi Hendrix，一九七〇年九月十八日歿）、詹尼斯．喬普林（Janis Joplin，一九七〇年十月四日歿）、吉姆・莫里森（Jim Morrison，一九七一年七月三日歿）。那一陣子美國新浪潮電影的一批青春片，結局幾乎都是年輕人死掉。《我倆沒有明天》、《午夜牛郎》、《逍遙騎士》、《虎豹小霸王》、《孤注一擲》（They Shoot Horses Don't They?），都是最後一幕主角死掉。

三島由紀夫死了，高橋和巳死了。六九年十一月芝浦工業大學發生內鬥事件死了一個學生，這是大學鬥爭過程中的第一個死者。日常生活中到處都有人死掉，生的中心就有死，而且「我們」對那死並不避忌，反而想去親近死亡。何妨借用和全共鬥運動關係深遠的評論家津村喬的說法：「但是在那裡（路障內），同時某種濃密的非日常感受不竭地持續著、流動著。該怎麼表現才好呢？應該說死就在極近的地方，死者們就在極近的地方，這樣的感情。」

所謂全共鬥運動從「10・8衝擊」開始。一九六七年十月八日那天，反對佐藤榮作首相訪問越南的學生們，在羽田機場附近展開抗議行動，參加阻止訪問越南鬥爭的京都大學學生山崎博昭，在羽田弁天橋被機動隊殺死。他的身亡給「我們」帶來極大的衝擊，發起反對越戰的行動、和自己相同世代的人被威權殺害。這死亡的事實沉重地壓迫到「我們」身上來，把想進入渺小日常性中的「我們」，不顧一切地勉強往歷史的、社會的方向拖出去。使「我們」無法避開那死亡。

如果再借用一次津村喬的話來說，「我在10．8那時，雖然不在羽田，但確實活在10．8，也活過了那天。對於沒有活過那天的人們來說，死掉的山崎博昭其實就在多麼近的身邊，經常陪伴左右，想必一定難以理解吧！」

「誰都有只屬於自己的死者。家父和家母幾乎同時死去之後，我更能持續具體感覺到讓我活下去的死者群體。然而，也有表現同一個時代的死的東西。很多人，因為一個人的死而團結起來，擁有共同經驗。於是由於死者的共通，而使日曆的記事能成立，我們將以那日曆測度我們自己的生和死。」

一九六七年十月八日死去的京大學生山崎博昭對「我們」來說，遂成為「表現一個同時代的死」。任何人都不得不從那裡開始思考起，從那裡做活下去的生的出發。死曾經是「我們」生的中心。

SIDE A

罪惡感

記者難道不是應該先去救助即將被殺害的人嗎？在按下快門之前，不是應該先制止美軍嗎？

史蒂夫從美國來到日本約是六九年的年中。他是現在已經不存在的美國新左翼雜誌《REMPART》的記者，為了採訪三里塚農民反成田機場建設運動和學生反越戰運動等，日本反體制運動而來的。

在見到史蒂夫之前，因為聽說是美國記者，所以我以為他可能是穿西裝打領帶、高階管理職的古板男人，覺得有點緊張，然而現身的卻是個蓄著鬍子、嬉皮般的青年，因此一見如故。年齡比我小兩歲左右，身高以美國人來說算矮，和我差不多。

史蒂夫也想從《週刊朝日》記者的我得到日本新左翼運動的資訊，有一天在朋友介紹下，找到了我這邊。

在那之前，我接觸很多美國文學和美國電影，但從來沒有和美國人一起工作過，因此多少有點不知如何是好。那陣子我喜歡CCR，也就是清水樂團，那天報社桌上也放著在附近唱片行買來的唱片。看到這張唱片的史蒂夫，突然說：「怎麼樣，我有沒有像約翰・佛格堤（John Fogerty）？」真的耶，留著鬍子個頭稍小的史蒂夫，確實有點像清水樂團的成員約翰佛格堤。我回答：「嗯，很像。」因此我也許跟他很容易親近。

雖說是美國的雜誌，但《REMPART》的資金並不充裕。可能也沒什麼採訪費，史蒂夫沒有住飯店的餘裕，來日本期間只能從朋友家轉到朋友家，暫時借住在各種人家裡。他也到我家住過幾次，經常都穿著同一件燈芯絨外套。好像真的沒有多餘閒錢，他經常在晚餐時間出現在報社：「請我吃晚餐吧。」但是，我也不過是新進社員，不可能很有錢。兩個人就到有樂町的鐵道陸橋下吃雞肉串燒。

當時一美元兌換三百六十日圓，在日本人看來美國是富裕得不得了的國家的時代。從那樣的美國來日的記者，居然是由我請客在陸橋下吃雞肉串燒。這樣說有點奇怪，不過那時候，我覺得美國忽然變得非常近了。以前一直要抬頭仰望的美國，忽然覺得好像變成平起平坐、近在身邊了。我記得有一天，史蒂夫說：「美國還沒寄錢來，麻煩先借一點好嗎？」當下我還覺得怪感動的，不久前還那樣抬頭仰望的美國人，我居然還借錢給他！或許那時候已經預感到，有一天可能變成一美元換一百五十日圓的時代了。

史蒂夫是第一次到日本，來到日本最感到驚訝的事情是，年輕日本人的日常生活中都在接受著美國文化。他笑著對我說：「我不知道巴布．狄倫、《逍遙騎士》、黑豹（Black Panther）在日本都這麼有名。我如果說我見到的週刊雜誌記者是清水樂團的歌迷，我同事可能都不會相信。」

我想六〇年代的對抗文化一口氣把日本和美國年輕人結合成同一次元了，日本過去一直仰望的美國，由於巴布．狄倫和清水樂團的出現而急速拉近。當然文化的差異依然很大，然而對抗文化這個共通點的力量更強。

史蒂夫個性豪爽，很快就比我更親近新左翼運動家。可能是因為美國人的關係，反而有優勢的一面，也經常去三里塚。我因為是《週刊朝日》的「布爾新」記者，因此農民們往往對我心懷警戒，但史蒂夫卻因為同為親近黑豹的新左派記者，而受到農民們的歡迎；還曾經介紹農民運動家給我。

史蒂夫也採訪過仍留在日本的退役美軍，他好像還與退役美軍中的反戰團體有接觸，也去過青森的三澤美軍基地。

好幾次，我們一起走過夜晚的新宿，那時候看了東映的流氓片，史蒂夫始終覺得用刀砍砍殺殺的暴力很可怕。在街上遇到穿和服浴衣的女人時還會開玩笑說：「她們也是流氓嗎？」有時他從這些退役美軍拿到大麻，我們會一起抽。他強調氣氛很重要，會把房間弄暗，點上蠟燭，一邊聽滾石的唱片，一邊輪流抽著香菸狀的大麻，然而過了五分鐘、十分鐘還沒什麼像樣的感覺。「可惡，上當了！害我白花了大把銀子。」史蒂夫火大了。

我們也一起去採訪過示威遊行。機動隊暴力地制止學生時，史蒂夫往往會認真地生起氣來，跟年輕的機動隊員吵架。我每次都急忙制止他，於是他會怒罵我：「你沒有革命精神！」這種時候讓我不知如何回應是好。

我那一陣子對示威遊行的採訪工作，開始漸漸感覺痛苦起來。對才大學畢業不久的記者來說，其實採訪示威遊行時的心情很複雜。不久前自己還是學生，是參加遊行的一方。什麼時候會被逮捕？被逮捕會不會影響到以後的就業？老實說我是心裡七上八下地走在遊行隊伍裡。

然而一旦當上記者，站在採訪的立場時，身分忽然變成完全的第三者。記者站在所謂採訪的一方這樣的安全立場，說難聽一點就是袖手旁觀，我們不必擔心會被警察逮捕。以「記者」這樣的特權在遊行示威現場，當學生和警察起衝突這決定性瞬間，記者完全不必插手，只是「旁觀」即可。最後，還可以得到自己採訪了反越戰示威遊行這種良心上的滿足。一邊受權力方保障著特權，但心情上卻站在反權力的一方，如此矛盾在自己心中始終無法消除。

幾次眼看著後輩學生們被逮捕，並眼睜睜地拍下照片。也曾經被遊行的學生高喚道：「各位記者大哥，如果你們也反對越戰，就加入遊行隊伍吧！」而感到裡外不是人。那樣的夜晚，也曾自嘲地說：「採訪遊行真是討厭的工作啊，我寧可去追蹤藝人的離婚消息。」

七一年二月，三里塚第一次強制驅離。機動隊對於堅決反對建設機場，在建設預定地上搭起小屋躲在裡面不出來的農民和學生，展開驅離。那是冬末的寒冷季節，那時候的採訪真讓人受不了。眼前農民和學生一個接一個被逮捕，大批媒體記者一旁圍觀，我也身在其中。我想大多數記者在那個時間點心情上是支持農民和學生的。雖然如此，但當時記者所能做的只有按下相機快門，寫下紀錄而已。

農民的孩子們也加入抗議運動。機動隊並沒有對孩子出手，但看到學校老師勸孩子們「別去參加危險的事」這一幕時，真教人難受不堪。

強制執行的採訪從二月底到三月初大約持續了一星期。記者也住進附近的旅館，每天幾乎都擠在一起睡，最後幾天連身體都不堪負荷，開始顯露疲態。農民們的抵抗在強權之前也顯得徒勞一場，團結小屋一一被機動隊拆除解體。最後一天下起大雨，年輕人躲在僅存的一棵大樹上，機動隊綁上繩子把樹鋸倒，記者們無言地遠遠圍觀那景象，實在令人難過。一切都結束了，我和前輩記者在雨中回到住處，大家都沉重得不發一語。

我跟怒罵我「你沒有革命精神！」的史蒂夫談到這個體驗。我試著問他，我心情上是站在反體制這邊的，但無法置身其中，只能當個旁觀記者的這種難受，難道美國記者沒有嗎？

史蒂夫回答「沒有」。「因為在現場看到事實，把事實傳達出來是我們的業務（business）。」史蒂夫說。這「業務」這麼酷的用語讓我吃了一驚。而且，比起在心情層次上微小搖擺的日本記者，能把自己的工作細分成「業務」思考，徹底站在觀看一方的美國記者，我想精神上可能強悍多了。

在三里塚鬥爭的採訪過程中，ＴＢＳ電視臺的成員因為同情農民，而用採訪車幫他們運「武器」一事被發現，引起警察干涉。我心想：「如果處在那樣的狀況我可能也會那樣做。」而對那電視公司的記者深感同情。當然我知道那本來不是記者的工作，記者也許要像史蒂夫說的那樣貫徹該有的「業務」才對。

不過那樣的時刻，難道不會心痛嗎？難道謹守「業務」就不能心痛嗎？

我那時候不知道該用英語中的什麼單字向史蒂夫表達「心痛」。我用幾種說法說明之後，史蒂夫終於明白，他回答英語是用「sense of guilty」，應該可以翻譯成「良心的苛責」、「罪惡感」吧！

大約兩年前，我看了勞倫斯．卡斯丹（Lawrence Kasdan）導演的電影《大寒》（The Big Chill）。電影中幾個老朋友為了參加一個自殺朋友的葬禮而聚在一起，其中一個角色說：「好朋友死了，我們卻這樣活著。只有他在受苦，我們卻在歡聚。好像對不起他啊！」他用英語的「感到罪惡」（feeling guilty）表達「對不起他」。這「罪惡」一字讓我留下深刻的印象。六〇年代的美國，可能也一直對自己懷有「罪惡感」吧——我一面看《大寒》，一面想起十多年前和史蒂夫的對話。

「當然美國記者也一直在思考『罪惡感』的問題。只是，深入這問題時可能會落入敏感的感情論調。所以我們把內心的問題交給上帝，試著只去看事實。」

史蒂夫回答得斬釘截鐵。

其實美國記者比日本記者面臨更大的「罪惡感」。不用說是在越戰的採訪上，記者親眼目睹美軍殺著越南人，有時連女人和小孩也殺。那樣的狀況，記者難道不是應該先去救助即將被殺害的人嗎？在按下快門之前，不是應該先制止美軍嗎？

以反戰示威來說，在美國掌權一方運用武力的情況也比日本嚴重。在肯特州立大學參加反戰運動的學生被殺，當時在現場的記者按下快門之前不是應該先幫助學生嗎？

「我們對那個問題徹底思考過，也議論過。結果，把罪惡感交給上帝定奪。」史蒂夫說。新左派的人會抬出「上帝」來，令我吃驚，但也想到這或許是基督教文化圈堅強的地方。

後來，史蒂夫和我經常在串燒店議論「罪惡感」的問題。因為我實在太執著於反覆思索這個問題了，因此他看到平常總是輕而易舉地寫稿的我正抱頭苦思時，也會打趣地說：「你又在為『罪惡感』煩惱了嗎？」

我曾經跟史蒂夫到橫須賀美軍經常聚集的酒吧去，三十個人即客滿的酒吧。「想到要去越南就覺得好煩！」幾個充滿厭戰心情的美國大兵到了夜晚會聚集在這裡，他們看起來都很老實，年紀比我還輕，應該只有二十歲左右。

臉頰都還紅紅的，像少年般的臉，很多是中西部出身的。

採訪他們的過程，我又開始感覺到一種「罪惡感」。問他們：「對越戰怎麼想？」他們開始難過。他們算是反戰的，或厭戰的，但以個人的力量也無法抗拒，所以才會被迫參加越南戰爭。鄉下的少年們應該沒有多大的愛國心或多堂皇的正義感，只是些喝了兩三瓶啤酒，就開始嚷嚷「想回國」的純真孩子。

我沒心情問他們「為什麼加入軍隊？」或「如果反對戰爭為什麼不退出軍隊？」、「為什麼不逃？」何況他們一喝醉就說：「你們日本人真幸福，因為不用去越南。」

我又開始把自己當成一個只會袖手旁觀的人。史蒂夫看到消沉的我打趣地說：「嗨，罪惡先生。」這時我也不甘示弱地生氣頂嘴：「你還不是因為不用擔心被送去越南，才能在這裡說大話！」看我們開始鬥嘴，年輕的美軍們過來勸阻。酒吧裡大聲播著偉倫．珍尼斯（Waylon Jennings）的鄉村與西部樂曲。

能把記者的工作清楚劃分成「業務」的史蒂夫，做任何事都明快而合理。這點要說是新左翼的年輕人，不如說心態上更像個美國合理主義的生意人（businessman）。

不過，史蒂夫也是個軟弱的男人。

六九年十一月十六日，當時的首相佐藤榮作，為了強化和正在進行越戰的美國的合作關係而決定訪問美國。於是這「阻止佐藤訪美鬥爭」就變成新左翼的重大鬥爭目標了。

從訪美前一天開始，羽田機場附近的蒲田就陸續聚集了許多戴頭盔、拿棍棒的「全副武裝」新左翼各派人等，機動隊也動員了大批人力。我和史蒂夫一起去採訪新左翼的各派人士，從蒲田遊行到羽田，一直持續到深夜。

佐藤訪美當天，從清晨就下起冷雨。一大早戴頭盔拿棍棒的學生和年輕勞動者就在羽田機場周邊展開游擊隊式的示威遊行。哪些地方有什麼派系的人在發動怎樣的行動，連記者也掌握不了整體情勢。我和史蒂夫在雨中為了尋找學生和機動隊衝突的場面，一直繞著蒲田車站周邊走。示威隊伍、機動隊，和不相干的清晨通勤時段上班族把街上擠得水洩不通。在從蒲田車站沿目蒲線往矢口渡車站方向的小路上，遇到戴著頭盔的一隊人馬和機動隊正起衝突。我很興奮地抱著相機跑起來，不知不覺間捲入小衝突裡，被學生和機動隊雙方推擠毆打，當時因為下著雨，每個人都溼透了。

好不容易衝突散去了，卻已經找不到史蒂夫的身影。他迷路了嗎？我擔心起來四處尋找時，看見史蒂夫正被幾個男人圍毆著。一瞬間不知道發生了什麼事，但從男人們的怒罵中立刻明白了事態，史蒂夫差一點被便衣警察逮捕。

「這傢伙，是美國人還跑來！」「你這傢伙，在三里塚也出現過吧！」便衣警察正以髒話罵著、同時推著史蒂夫。「這個美國人是記者！」我拚命揮動記者的「報導臂章」跑進人群中把史蒂夫拉開。這時，一個刑警瞪著我們說：「你們身為新聞記者卻站在學生那邊！總有一天要把你們逮住！」

我們好不容易從那衝突現場脫身，兩個人都嚇得臉色鐵青。我這才第一次知道原來刑警早就盯上史蒂夫了，也為他們的堅持感到驚愕，並為自己的天真著急，最後是利用「報導臂章」的特權才脫離那現場的，也覺得有一股無力感。

史蒂夫臉色比我更鐵青，那份平常總能把記者工作當成「業務」而劃清界線的開朗，也悽慘地消失無蹤。除了必須藉助「沒有革命精神的記者」的我使用「特權」，實在不是他的本意之外，更嚴重的是，莫名其妙地突然受到日本當局毫不掩飾的權力霸凌，似乎更讓他深受衝擊。過去因為他是個「美國人」，大家都對他表示善意。這次卻頭一回以一個「美國佬」身分變成被憎惡的對象，而且為了逃出那憎惡的窘境，還不得不使用記者的特權……

我們那天已經沒有體力精神再繼續採訪，便在冷雨中默默回到住處。新左翼的鬥爭以失敗收場，佐藤首相偕同夫人帶著笑臉從羽田機場起飛。競爭對手的週刊把那天的事件以「佐藤去了——羽田今天也下雨」參考名曲〈長崎今天也下雨〉的絕妙標題報導出來。

我和史蒂夫在那經歷以後，也提不起精神再議論「罪惡感」。史蒂夫終於回美國去了。

SIDE A

拒絕採訪

我想這些孩子擁有可以反抗的父親或許是幸福的。

一九六九年一月的安田講堂事件之後，校園紛爭蔓延到高中。那年三月，都立武藏丘高中的畢業典禮上，戴著頭盔拿著棍棒的學生佔據了禮堂，高喊粉碎畢業典禮，機動隊挺進學校，機動隊進入高中這還是第一次。

那年四月，我正式進入朝日新聞社上班。穿上不習慣的西裝，打上領帶，出席入社典禮。西裝是前一年在澀谷開幕的西武百貨公司買的，Fifth Walker的牌子，比爵士樂手當時常穿的款示稍短一點。因為很像年輕輕就死去的約翰．柯川喜歡穿的西裝，因此毫不猶豫地買了。

我穿著那套西裝，鄭重地去參加入社典禮。因為重考大學和求職招考的關係，我的年齡比同期新進人員大。正當大學生甚至高中生都在發起粉碎形式上的典禮的運動時，一個快二十五歲的大男人，卻還穿著新買的西裝乖乖聽著社長致辭，覺得實在有點羞恥。

那套西裝在我被分派到《週刊朝日》編輯部以後，也幾乎不再穿了。因為大學紛爭、搖滾音樂會和街頭示威遊行的採訪變多的關係。

從武藏丘高中開始的高中校園紛爭逐漸延燒到其他學校，在東京的日比谷高中發生了學生造反運動。

當我仍就讀高中的時代，高中生幾乎不參與政治運動。六〇年安保鬥爭時，我還是高一生，有幾個政治意識比較強的朋友參加了國會示威遊行，但幾乎沒有全體學生都被捲進去似的運動。

因此我對急速波及的高中紛爭感到強烈的關心，很想知道才十幾歲的孩子到底在想什麼，也很驚訝他們「好敢做」。

紛爭從東京擴大到地方都市，其中有靜岡縣的掛川西高中。以前沒注意到有掛川這地方，到底是什麼樣的地方？什麼樣的高中生，在那個高中發起反越戰運動的。

懷著興趣的我向主編提出想採訪的申請，但主編認為沒有新聞價值。被拒絕之後反而更想去做，正當「反抗期」的我，就利用五月的連休假期，一個人擅自去了掛川。心想就算不能寫稿子，總之光去看看高中生也好。

然而這判斷卻太天真了，在小地方搞反戰運動的高中生，比東京的對媒體警戒心更強更嚴。我到他們帶頭的男孩住處見到四位高中生。全都被學校，甚至被家裡和當地社區當成異端份子來看待。感覺全身都像長了刺般，用嚴厲的口氣，對我批判媒體記者對新左翼運動的報導很奇怪。對想採訪的我首先質疑我自己的立場：「你對越南戰爭的看法怎樣？」就像當時「自我否定」這語言成為關鍵語一般，如果不能明白表示「首先自己是怎麼想的，打算怎麼做」就無法進行下一步。

對於他們認真的問話，我沒有一句回答令他們滿意。當他們口中吐出不像高中生的尖銳言論時，我只能沉默以對。「結果，你只是想把我們的事寫成報導當成商品吧？我們並不希望那樣。」現在想出風頭的年輕學生可能無法想像，當時造反學生們對媒體和資本方所採取保持距離的態度，幾乎是接近潔癖的程度。

我沒心情再去多說服他們。那天是假日，我與其以一個記者的身分不如說是以私人身分來的，因此對他們宣言我放棄工作了，這樣一來他們才開始跟我打成一片。當場為我煮了泡麵，談到真崎守的漫畫，吉本隆明的詩。那天晚上，我跟著說要去街上貼傳單的他們，走在夜晚的掛川街頭。在電線桿上一張張貼著抗議高中當局對學生嚴正管理辦法的傳單。為了不引人注目而盡量悄悄走在黑暗中。有一個人說「好像小時候節慶時貼著的傳單那樣。」

那天夜晚留宿在他們的住處，第二天早晨才回東京。這是我所經歷到的第一次「拒絕採訪」，但不知怎麼心情卻很好。我覺得，與初次見到週刊雜誌記者就滔滔不絕地把最重要的事情都說出來的人相比，閉口表明「不想說」的人要帥多了。以政治運動的宣傳角度來說，可能和週刊雜誌的採訪合作比較好；如果是專業的運動人士，甚至會主動配合、適度利用媒體。

然而，掛川的高中生卻沒這樣做，真是純真無邪又固執得可以。以運動人士來說或許是外行，但以人性來說，我倒覺得這樣很好。

不過這件事不知經過什麼管道竟然傳到東京的記者圈，而且內容竟然變成「《週刊朝日》體制內記者被高中生打倒了」，某左翼雜誌登出這樣的八卦新聞。讀了這篇報導的《朝日雜誌》同事揶揄我說：「這是指你吧？」當時出版局中「反體制的」《朝日雜誌》部門同事，有輕視「體制內」《週刊朝日》部門同事的傾向。那位記者也自信是「反體制的」幸福男人，對於遭受「拒絕採訪」的我，以極戲謔的心情嘲笑。我聽了莫名火大，揍了那個男人。雖然他是前輩，但我顧不了這一點；不清楚我和高中生所談每一句話的人，沒資格取笑我。

在外面的社會，大學生和高中生正冒著身體危險進行鬥爭，而我自己卻在做什麼呢？當時的我正為這樣性急的自虐想法煩惱不已。我可能也像掛川的高中生那樣，全身長了針般帶刺。

我經常跟人打架，特別是跟同事和前輩，一喝酒就常常暴躁起來，明明是體弱的卻立刻先出手。溫厚的主編勸我：「有那精力不如用在工作上。」前輩取笑我：「你流氓電影看太多了。」我自己可能以為那樣很像高倉健吧。

有一次，我喝酒後跟早稻田的學生打架。和掛川的高中生相反，他們說希望我報導他們的電影製作活動。我也喜歡電影，因此很樂意地去見他們，在新宿的酒館喝酒。不久他們談起高達（Jean-Luc Godard）和楚浮，談巴黎的五月革命，聽著之間不知道怎麼非常火大起來。我開玩笑地說，怎麼可以這樣不保留地滔滔對記者說最重要的事情呢？跟掛川的高中生比起來，這些大學生看起來像得意忘形的滑頭老油條。一留神時我已經跟他們幹起架來，對方三個人，我反倒被他們圍毆，肋骨被打斷，三天沒去上班。

跟被日比谷高中停學處分的M見面，就是在那段時間。

約在日比谷高中附近的赤坂喫茶店，那是造反高中生聚集的地方。我已經不再興奮，只想淡然地以一個工作者的樣子赴會。事先就設想可能會遭逢「拒絕採訪」的情況，也考慮到如果不順利就準備替代篇幅。

然而M卻真是個豪爽而開朗的男孩，有著都會高中生的灑脫。一見面就開著玩笑：「是會把我刊登在《週刊朝日》嗎？那麼請把照片也登出來。」我不禁被他那容易親近的笑臉所吸引，一直陷入自虐性陰暗心情的我，被那笑臉救了。

M擁有日本人少見的深刻輪廓容貌，連身為男人的我看了都覺得明明才高中生卻很性感。

與其說是政治少年不如說是藝術少年，而且一副身在大都會正中央的高中生模樣，如此年紀輕輕卻已經是個享樂主義者，是個早熟的男孩。他說他不太回家，經常在六本木一帶遊玩。問他：「錢怎麼來？」他竟平淡地回答：「從愛玩的太太們拿零用錢。」

我想M長得帥，所以大概不是吹牛。兩個人單獨見面時，他會把有閒太太們的狂態詳細告訴我。當時free sex這語言好像正成為流行語，性解放的訊息時有耳聞，因此高中生和有閒太太的韻事也就見怪不怪了。

因為太露骨地談到做愛的事，我說：「嘿，這種事全抖出來妥當嗎？我會把這些都報導出來喲。」M居然不怎麼在乎地回應：「反正大家可能都會以為是胡扯吧。」

總之他是很受女孩歡迎的男孩，經常跟低年級女生在一起。被學校停學處分，宣稱「才不要上什麼大學！」的他，我想在名門日比谷高中裡可能是個耀眼的風雲人物，加上又特別英俊。有一次，他帶一個女孩子到我住處來過夜。半夜裡可能以為我已經睡熟了，兩個人竟開始熱烈地做起愛來，好像是美國新浪潮電影的一幕般。

我以他為主角在《週刊朝日》上寫了一篇〈我不知道什麼大學〉的報導。不用說這標題是模仿當時剛公開上映的二十三歲新銳導演貝特杭・布里葉（Bertrand Blier）的紀實電影《我不知道什麼希特勒》（Hitler - Never Heard of Him）。報導中，我提到日本也出現脫離父母安排自己規劃人生軌道的年輕人了，把M當主角來寫。

雜誌印出來，我拿給M看。「哇！不得了，我簡直像楚浮電影的主角嘛。」M逗趣地說。M比掛川的高中生難對付，深知成人的世界。

我這篇〈我不知道什麼大學〉的報導，引來讀者惡評。「迎合年輕人」「對不知天高地厚的孩子做了不必要的挑撥」……我收到幾封如此嚴厲批判的讀者投書。

我也反省，或許像M這種人是特殊的存在，我可能把他過於一般化、過於美化了。最令我難過的是一個主婦的來信：「寫這篇報導的記者如果是大學退學的人，我沒話說。但如果這記者真的有大學畢業，我想這篇報導就是扯謊了。如果我自己的孩子說出不想上大學的話，我會勸他『你爸爸因為不能上大學所以吃了很多苦，所以你應該去上大學。』」

我想M的情況，或許是日比谷高中這樣一個山腰高級住宅區的貴族高中的特殊例子。那段期間無論美國或日本，像嬉皮這種退學的人開始成為問題。對嬉皮的出現有所謂「嬉皮第三代說」，意即「在美國第一代很窮，拚了命地開疆闢土。第二代有了餘裕當上大學教授或藝術家，然後第三代則變成嬉皮。」就算不見得是事實，卻也令人認同。M或許也是屬於受惠的第三代。

這年秋天在東京，青山高中也和日比谷高中相同，發生了激烈的紛爭。這裡也和日比谷高中一樣，在東京地區是屬於比較富裕的中產階級孩子較多的高中。父兄擔心圍起路障的孩子，到了晚上會特地跑到學校來。採訪他們時，發現很多人的父親任職於一流企業，因此孩子們才會反抗地高喊「粉碎家族帝國主義」。

我想這些孩子擁有可以反抗的父親或許是幸福的。同一時期，葛飾區的工業高中也發生了反戰運動，我也到當地去採訪。一越過隅田川，踏進下町，那裡和日比谷高中和青山高中所在的都心就完全不同。總武線車站的月臺上，醒目的是「徵求車床工人」、「徵求煮飯歐巴桑」的傳單。去採訪他們的父母時，同樣都是中小企業的藍領階級，「老實說，也沒空去管孩子們的政治運動。」一邊擦著汗邊說。「與其煩惱什麼越南的事，還不如自己的生活更重要……」邊這樣很抱歉地說著，邊端出可爾必思飲料來。

一起去採訪的前輩記者是下町出身的，兩個人採訪後走進總武線小站前的一家小酒館去。在喝著幾小瓶燙熱的酒之間，前輩記者說：「什麼退學、什麼嬉皮，那都是有經濟餘裕的人玩的事。你知道嗎？今天採訪的那家高中，畢業後能繼續上大學的孩子還不到一半呢！」如果是平常被挑動的話，我可能會馬上還手，那天晚上我卻無法反駁。第二天，前輩記者說：「我來寫。」因為那家工業高中的紛爭報導，一向都由他寫。那陣子是隅田川公害最嚴重的時期，連開過鐵橋的總武線電車上都聞得到惡臭。和前輩記者在站前的酒館喝過後，經過隅田川時的惡臭，現在還鮮明地留在記憶中。

我和日比谷高中的M在那之後也常見面，他說幾乎沒去學校，一沒錢就到六本木去找有閒太太，打賭錢的麻將。又快沒錢時，就到山谷去當土木工人，看起來是自己主動做粗重勞動。

他逐漸遠離政治運動。一下說：「我討厭組織。自己好像被綁住似的。」一下又說：「想到巴黎去學畫畫。」也許對體內過剩的精力，自己也沒辦法控制。

有一次，我舉辦了造反高中生的座談會。除了M之外，也召集了幾個高中紛爭的主角們想聽他們怎麼說。M之外的人，雖然政治意識尖銳，但以一個男人來說，都還很幼稚。M很直接表明地瞧不起他們，座談會搞得亂七八糟收場。

那天晚上，M在我的住處過夜。我們喝了酒，聽了齊柏林飛船（Led Zeppelin）的唱片。為羅伯．普蘭特（Robert Plant）的聲音而興奮。我記得曲子是〈Whole Lotta Love〉。

M談到他自己小時候父母親就離婚了，父親跟別的女人再婚。因為經濟上的考量受到父親監護，但其實他比較喜歡母親。有時去見母親，母親過度開心的反應反而讓他為難，因而逐漸保持距離。電視上轉播的安田講堂事件讓他深受衝擊。事件發生在一月十八日因此他們同伴間就把那稱為「一八衝擊」。他對投石頭的學生產生共鳴，跟「反對越戰」和「大學解體」都沒關係，那些標語怎麼樣他都不在乎。一面看電視，只覺得自己也想丟石頭——M談到這些事。

M那段時期跟一個低年級女孩交往，一個瘦得像植物般的女孩，兩人常到我住的地方來玩。那個女孩完全對M心服，對她來說M是個危險而有魅力的英雄。

M也只有跟她在一起時，才是個老實的普通高中生，兩個人會去看電影或去旅行。不過M總之很受女孩子歡迎，有時找不到M，她會打電話到我這裡來問：「你不知道他在哪裡嗎？」我只當那是高中生之間可愛的戀愛遊戲而已。

有一次只有她來見我，我們在公司附近的喫茶店喝咖啡。她臉色比平常蒼白，本來就像植物般瘦的她看來更瘦了。她說她剛從銀座看完電影回來，看的是日本的青春電影。高中生情侶相愛，然後女孩子懷了孩子，但，兩個年輕人沒辦法養孩子，於是打算把孩子拿掉，但沒錢看醫生，於是男孩朝女孩子的肚子丟石頭——這樣的電影。她說。

說著之間，她開始哭起來。當時，我應該留意到，她去墮胎了。

被忙碌的工作逼急的我，就讓她那樣回去了，和M也漸漸疏遠，當一個記者某種意義上不得不做人冷淡，如果跟被採訪的人一一認真往來的話，身體實在吃不消。M的事我寫過一次報導。在我心中我跟M的關係已經結束了，工作結束後還繼續和M來往老實說很累。這是身為記者的殘酷現實。M那麼強悍，所以我的確安心，他不跟我交往也可以活下去吧。

然後過幾個月，兩個人幾乎沒再聯絡。隨著大學紛爭終結的同時，高中紛爭也徐徐降溫了。報導M的事過了一年，我自發地想輕鬆地來寫一篇〈後來的高中紛爭〉的報導，再聯絡M，他卻不知去向了。沒辦法只好打電話到他女朋友家，她母親來接電話，得到「我女兒正在住院」的答覆。我還一派輕鬆地想到大概是盲腸或什麼小病。「那裡不好嗎？」對我的問題，母親以曖昧的話帶過便掛斷電話。這下才第一次擔心起來，追問了幾個日比谷高中的學生關於她的事，才知道她住進精神病院了。我想起在銀座喫茶店最後見到她時，她說過：「半夜裡一直會夢見嬰兒。」

她和M都想跟我說什麼，結果卻什麼也沒說就離開了，我根本被「拒絕採訪」了。不，可能是我不知從什麼地方開始，想到不能再這樣下去，盤算到自己的安全不想被威脅，因此由我自己「拒絕」了他們。而她從沒要我去探望她，我想是他們對我最大的體貼了。

SIDE A

都會有時很美麗

我離大學愈來愈遠，生活繞著電影、爵士樂、和戲劇打轉，街頭成了「我的大學」。

我住的地方，阿佐谷有一家叫做「現代詩」的小小喫茶店。是山內豐之先生的店。因為常常會在永島慎二的青春漫畫中出現而開始出名，成為住在附近年輕人的小小聚集場所。

永島慎二一副老闆般的臉色坐在那裡。店裡有漫畫青年，有不紅的民謠歌手，有荻窪高中的造反高中生，有越平連的運動人士。

以企業參與文化活動的現代來看，當時簡直像牧歌般悠閒的形式，在狹小的喫茶店裡舉行詩的朗誦會，和民謠歌手音樂會。

「現代詩」熱門的時期是從一九六〇年代中期到後半期，正好是整個日本社會，年輕人的能量正在熱烈燃燒的時期。

我一直生長在阿佐谷，雖然生在代代木的參宮橋，但戰後搬到阿佐谷，到結婚後離開家之前都一直住在阿佐谷；是在阿佐谷的奧迪安電影院看電影長大的。

開始經常流連「現代詩」是上了大學之後，我進大學那年是東京奧運的一九六四年，被稱為現在的TOKIO原點那一年。

從那時候開始，整個城市真的變得有趣起來。從學校回家的途中，常常在新宿下車去玩。在新宿玩過後回家途中又常常經過「現代詩」，在當時是很難得夜裡很晚打烊的店。

永島慎二的《瘋癲》和《漫畫家殘酷物語》是在六七年左右出版的吧。當時大學的課幾乎沒去露面的我，成天泡在永島慎二的漫畫裡，漸漸在新宿開始過起彷彿嬉皮般的生活。

從電影院開演的中午時分來到新宿，一場接一場地看電影。那時候是新宿藝術電影的全盛時期，英格瑪・伯格曼（Ingmar Bergman）、高達，以及耶吉・卡瓦萊洛威茲（Jerzy Kawalerowicz）、安德烈・華依達（Andrzej Wajda）、蒙克（Andrzej Munk）等一連串上演的波蘭電影。放映楚浮（François Truffaut）的《槍殺鋼琴師》（Tirez sur lepianiste）時，休息時間，臺上還搬出鋼琴來，由真正的鋼琴師登場，彈奏一兩首古典小曲。該說很帥還是很悠閒呢？那是個這些事很平常進行的時代。

就像人一樣，那時候的都市也正值青春時代。現在八〇年代的東京正青春的是，充滿年輕女性的澀谷和青山，而六〇年代最熱的區域，怎麼說都是新宿。而且，從新宿搭中央線第五站的阿佐谷，也確實感染到新宿的熱勁。實際上，當時主要在新宿流行起來的地下實驗劇和地下藝術的表演者大多都住在阿佐谷。

緊鄰我家的一棟公寓，裡面住著一個奇怪的男人。中午時分我要到新宿去「上班」經過那棟公寓前面時，那個男人膝頭常常抱著一隻貓在曬太陽，或在曬著棉被。他理光頭、眼光銳利、留著鬍子，容貌魁偉。看來像流氓，過的卻是窮書生般的生活。經常被美麗的太太指使著做這做那的，又像個吃軟飯的。

我常常懷疑他到底是什麼樣的人。有一次，我到花園神社去看狀況劇場的戲劇。在全都出現一些奇怪演員的舞臺上，還有一個特別醒目的個性派人物。仔細一看……咦，那不是坐在隔壁公寓前經常膝上抱著貓在曬棉被的男人嗎？那時候我才第一次知道原來他是叫麿赤兒的怪優演員。那是一九六八年的事。以後我在經過男人面前時，開始會向他打招呼，他也以「附近鄰居」身分跟我往來。我也知道貓叫做「政五郎」這樣正經的名字。傍晚，怪優要餵貓食物時叫著出去玩的貓「政五郎、政五郎」，好像內田百閒隨筆的一幕般，怪怪的。

那時候評論家赤瀨川原平也住在阿佐谷，經常可以看到他在大眾居酒屋「鱈腹」。那時我還是學生，自然不太能接近那樣有名的人，跟朋友坐在旁邊的桌子，只能將仰慕的眼光投射過去示意「那就是赤瀨川原平」。

我也不敢接近永島慎二。因為「現代詩」是一家很小的喫茶店，所以永島慎二明明就近在身旁，我卻還無法開口招呼。我的外甥和永島慎二的小孩是小學同班同學，我想可以談到那方面的共通話題，又覺得像家長會似的提不起勁。山內先生問我：「要不要我幫你介紹？」總覺得很緊張，只說「不用」就觀望過去了。結果，能和永島慎二開口說話，還是在我當上《週刊朝日》記者後的事。山內先生從前曾幫松竹或某家電影公司寫過劇本，因此對電影也很熟。我在新宿看過電影，回到阿佐谷來經過「現代詩」，就常在那裡跟山內聊電影的話題。

我那時候已經幾乎不去學校了，雖然是法學院的學生，但對法律提不起什麼興趣，偶爾去上課也只會打呵欠。我還經常聽說「大學鬥爭是從上課中打呵欠開始的」，那時候的我，覺得上大學不如到新宿街頭有趣多了。

那裡有電影、爵士樂、有地下劇場。還有很多瘋癲率性的狂人和被稱為嬉皮的邊緣人朋友。永島慎二在《COM》漫畫誌上開始連載《瘋癲》是在我大四那年，一九六七年。永島慎二的漫畫世界，雖然以稍前的六〇年代前半為舞臺背景，但那氣氛在六七年那個時間點也能感受到。

一直泡在深夜營業的爵士喫茶店，和瘋癲夥伴們清晨才走出新宿街頭。總是吵嚷喧鬧的新宿街頭，只有清晨的一瞬間顯得特別美麗。法國詩人的詩句「世界有時很美麗」那時候忽然生動地甦醒過來。

那時候的新宿西口，現在副都心的地方，原來是淨水場，完全看不到人影，像科幻片的風景般開闊。在爵士喫茶店裡熬通宵後，揉著睏倦的眼睛和瘋癲夥伴們走到這淨水場，眺望一直延伸到遠方的茫漠風景時，感覺簡直像要被吸進風景裡去似的。只有這一瞬間可以忘記自己的事——往後自己要如何活下去才好？學校能畢業嗎？能在哪裡就業嗎？這些麻煩事。

當「爵士樂英雄」約翰．柯川死去時，是在一九六七年夏天，我大四時。正值去考朝日新聞徵才考試落第，無奈只能被迫當「就職浪人」的不安定時期，所以柯川的死，對我打擊特別大。那是才四十幾歲的英年早逝。與其說喜歡爵士樂，不如正確說，是喜歡深夜可以暫窩的爵士喫茶店的我，和那些比我小五、六歲的瘋夥伴們，說要舉行一個柯川的「葬禮」，我們就到新宿西口的淨水場去。大家一起把《崇高的愛》（A Love Supreme）的唱片，埋在淨水場裡誰都不可能會去的地方。

夏天的清晨，我還記得冉冉上升的朝日中，野狗成群結伴在淨水場的遠處跑著。

朋友們一一都就業了，又離開了，只有自己一個人成為浪人，那令人非常心虛。以現在的說法叫「認同遲緩（moratorium）青年」，聽起來好像很嚴重，但那時候，大學一畢業總之就該工作，是「正常」青年人生規劃的第一頁。

就業還沒著落，老在新宿街頭閒逛是抬不起頭來的。跟正埋頭苦讀準備司法考試的同學們已經幾乎沒話聊了。提到柏格曼、波蘭斯基、波蘭導演耶吉・卡瓦萊洛威茲等名字，人家只會問：「那是誰？」和法學院的朋友們變成已經沒有共通話題了。法學院有少數女同學中有比較可愛的女生，有一次我問那女生：「要不要一起去看電影？」她以難以相信的臉色回答：「你很閒喔？」她準備考司法考試正在猛讀書中。長得有點像派蒂杜克（Patty Duke）的她，後來，很順利地考上司法考，當上了律師。我很想鼓起勇氣做個愛的表示「妳很像派蒂．杜克」但還是放棄了。對於幾乎沒看過電影的她就算說了，一定也只會回問：「誰是派蒂．杜克？」

我離大學愈來愈遠，生活繞著電影、爵士樂和戲劇打轉，街頭成了「我的大學」。母親擔心地說：「你到底打算怎麼辦？有沒有為自己的將來考慮？」我並沒有勇敢到回嘴「囉嗦」的地步，連自己也不知道該怎麼辦才好地繼續在街頭流浪。像中了毒癮般，對街上的嘈雜也會上癮。一到華燈初上的時分，就會開始迷戀起嘈雜的街頭，一留神時，人已經身在新宿街上逛了。

有一次，我曾經對「現代詩」的山內先生提到：「我也想當喫茶店老闆。」平常很和氣的山內先生，只有那次很生氣地說：「煮一杯咖啡，以你那樣的玩票態度都不行噢。」

越戰打得愈來愈激烈。日本媒體果敢地開始展開反戰活動。尤其是自由攝影記者陸續去到越南，發表在戰場拍回來的活生生血淋淋戰場相片。

我看到那樣的作品，想做記者工作的心就變得更堅定。

因此大學四年級夏天就去報考朝日新聞社，卻在面試時落榜。既不敢保證第二年如果重考是否能考上，事到如今也不能去銀行或商社應徵了。

沒有被公司錄用的人，無論是誰都會感到不安和孤立，以我的情況，又處於「就職浪人」這種特殊狀況，更認定自己是孤獨一人了。

雖然政治意識很強，但幾乎和政治運動無緣。對所謂人際關係這東西極力避免密切牽扯的「膽小個人主義者」來說，政治運動猶如穿著髒鞋子不客氣地一腳踏進人家屋裡，侵犯私生活等缺乏細膩感覺的強者行為。

雖然如此，我依然決定當一個就職浪人，這是深受一九六七年十月八日發生的所謂「第一次羽田事件」衝擊。當時的佐藤首相，冒著國內重度批判越南戰爭的聲浪，毅然訪問越南，對這點，反代代木系全學連的學生高喊「阻止佐藤出訪」口號，在羽田機場附近展開示威遊行，在和警察隊伍衝突之中，和我同世代的京都大學生死掉了。

這個事件帶給學生們很大的衝擊。「他死掉了，那時候你在做什麼？」對這樣的質問，誰都苦惱煩心，也就是所謂「10・8衝擊」。對於被稱為全共鬥世代的那世代人來說，一九六七年十月八日，成為難以忘記的「紀念日」。就像美國六〇年代「甘迺迪總統被殺時，你在做什麼？」這句話被當成世代的共通語言般，對六〇年代的日本來說，「一九六七年十月八日，京大生山崎博昭死去時，你在做什麼？」也成為共通的沉重問題。

以我來說，那時候，正在新宿巷子裡打工當酒保。距離下一次徵才招考還有將近一年。已經沒心情去學校了，但總不能一直閒著。因此決定在新宿三越百貨後面一家小酒吧當酒保，位在著名的喫茶店「青蛾」正前方一帶。

那裡白天是喫茶店，到了晚上變成酒吧。媽媽桑很漂亮，因為被美麗的她所吸引而決定去當酒保。到了晚上中年老闆才出現。我上班那天，人家才告訴我，他就是美麗媽媽桑的丈夫。也許能跟她……我這樣的「野心」就在第一天泡湯了。

然而這中年老闆卻是個不簡單的人物，在新宿的流氓之間似乎也算有頭有臉的。總之對酒知識豐富，對當時還很稀奇的波本威士忌也很清楚。

我從這老闆第一次學到波本威士忌調蘇打水的方法。

他來新宿之前，據說在美軍基地橫田和立川開過店。因為這層關係，所以新宿這家店，也常有美軍來喝酒。在越南戰場打仗的美軍士兵，內心正頹喪，遇到一點小事就會跟夥伴打架鬧事。如果還在「想要女人」的階段，鬧事方法還算平穩，真的苦悶起來就只默默地喝波本。這種美國大兵猛一看像很乖，但粗暴起來卻很可怕。

以酒保來說，總要對美軍顧客說句客套話之類的吧，有一次我發揮服務精神說：「雖然是工作，但能到東南亞旅行也令人羨慕啊。」對自己來說，因為能第一次實際用到英文的「羨慕（envy）」這個單字，所以很高興地說了，沒想到這位美國大兵忽然用日文髒話罵我：「混帳東西！」把杯子丟向我。

我覺悟到會被修理得更慘，沒想到接下來，他好像完全忘記自己剛剛所做的事似的，平靜地開始抽起菸來。那「鎮靜的瘋狂」真叫人害怕。

這個美國大兵可能為了我所用的「羨慕」的說法，想說：「你們怎麼能了解越南的事！」然後在丟杯子的瞬間，又覺得空虛起來，於是再恢復沉默開始抽起菸來。他是一個比我年輕的美國大兵。

在這家酒吧擔任酒保三個月即告終，因為跟美國大兵有言無言的溝通覺得太累了。

亞瑟・潘導演的美國新浪潮電影第一部作品《我倆沒有明天》在日本公開上映，是在一九六八年二月。電影迷的我立刻就去看完後，興奮地回家。然後有一天晚上，在新宿的酒吧對美國兵說：「《我倆沒有明天》很好看喏。」於是美國兵又再丟杯子過來。怒吼道：「那種電影，管他的！我沒看過！」這次我沒躲掉杯子，正中額頭砸到流血。心想：「這傢伙！」但對方太魁了，雖然不甘心卻裝笑臉給他看。

這樣的工作持續到第三個月後就不幹了，因為和當初簽約不符，打工的錢被扣掉約一半。老闆原來看起來像個很懂事的男人，卻忽然變成遙遠世界的人，那是和自己不同的世界。「現代詩」的山內先生安慰我「你還年輕」、「不能為年輕而覺得羞恥」，山內太太也跟著在一旁安慰我。

山內太太長得非常漂亮，這只要看永島慎二的漫畫就知道。現在可以悄悄透露，我們當時會那麼熱心地跑「現代詩」，老實說，可能是為了想看山內的太太。山內先生和他那美麗的太太年齡相差相當大，我們剛開始還一直以為她是女服務生。一位似乎為了看她而到「現代詩」的客人，有一天不知道從哪兒聽說她是山內的太太之後表示，雖然是可以預料的事，但知道真相了還是覺得有點難過。

那時候的我，在各種意義上新宿是我生活的全部，看電影、聽爵士樂、看戲劇。甚至談了戀愛，然後，工作也在新宿。

每天到新宿「上班」。「現代詩」是我從新宿「上班」回來的小小休息地方，每次搭中央線末班電車在阿佐谷下車，回家途中一定會順道經過「現代詩」。看到山內先生經常站在櫃臺後面，我的心就定下來了。

世上雖然有對抗文化、有越南戰爭、有大學紛爭，亂得很，不過只要踏進「現代詩」一步，就和時代阻隔，和狀況無關，時間悠閒地流著。泡咖啡的白色蒸氣，就像永島慎二的漫畫《陽光》中的陽光那樣，慢悠悠地飄香著。「現代詩」的咖啡是不是美味，至今已經不清楚了。但，在那個狂飆突進運動時代[1]，唯有在「現代詩」店裡，曾經擁有的小小「陽光」才是貨真價實的。

1 狂飆突進運動源自德語Sturm und Drang，是18世紀德國的文學運動，文藝形式從古典主義向浪漫主義過渡的階段，可以說是幼稚時期的浪漫主義。名稱源自音樂家克林格的歌劇「狂飆突進」，代表人物是歌德和席勒，歌德的《少年維特的煩惱》是典型代表作，表達人類內心感情的衝突和奮進精神。

然後。

我進入朝日新聞社，三年後離職。離職時，「現代詩」的山內先生和永島慎二悠哉地說：「辭掉了很好啊。」那樂天的說法救了我。

然後，然後——就像永島慎二在一篇隨筆中寫的那樣，山內先生與其當「現代詩的老闆」，不如當「日本珈琲販賣共同機構公司」的社長。這位後來在東京各地擁有「現代詩」連鎖店的實業家，讓公司業績大幅成長。

成為文字工作者的我，在一篇隨筆上寫到「『現代詩』老闆變偉大了」。山內先生對這件事非常在意，打電話來「抗議」。不管我怎麼以為「變偉大了就變偉大了，有什麼好在意的」，他就不這麼認為。

或許在山內先生心中，那四疊半榻榻米一間的阿佐谷「現代詩」才是自己的故鄉吧。不管開多少家連鎖店，都想把那家小「現代詩」當成自己最重要的場所；而會那樣想的，一定不只有山內先生而已。

Side A

遠離越南

那說明了不管怎麼反對越南戰爭，自己反正不是當事者，只是從安全地帶鼓動反動運動而已……

一九七〇年秋天，我因為《週刊朝日》的採訪造訪青森縣的三澤。說到三澤，讓人想起夏季甲子園高校棒球賽，青森縣三澤高中的投手太田幸司大為活躍的，就是一九六九年。太田幸司的活躍和東大安田講堂事件居然是同一年發生的，感覺好似時代的象徵。對戰學校是強悍的松山商業高校，只有他一個人在長達四小時十六分的比賽，投完延長十八局，這樣孤獨的英雄姿態中，感覺好像能和「血汗和淚（Blood Sweat and Tears）」樂團象徵青春時代的姿態互相重疊。

我到三澤去，不是採訪太田，而是為了三澤反對越戰的一些年輕人開的「反戰酒吧」。

據說三澤有日本國內最大的美軍空軍基地，隨著越戰的激烈化，基地也在進行戰力的增強，當時有超過四千人美軍常駐。七〇年七月，越平連開了「反戰酒吧」想對這些美軍展開反戰運動。越平連自從六七年發生美軍逃走事件以後，開始在美軍中推展成立反戰組織的運動。在板付、岩國、橫須賀三個基地，協助製作美軍的反戰新聞。並接著在三澤開了「反戰酒吧」，名字叫「ＯＷＬ」。

這「反戰酒吧」的採訪，決定由《週刊朝日》來做，入社第二年的我被派到三澤去。預定大約一星期，住在當地採訪「ＯＷＬ」。總編輯給我一星期這麼長的時間採訪，與其說是他寬大為懷，不如說是基於對入社第二年「戰力」還不強的記者，認為就算一星期不上班，對編輯部也不至於傷腦筋的冷靜判斷吧。

雖然如此我對三澤之行還是興致勃勃的，因為能直接採訪和越南戰爭直接相關的美軍基地，所以我滿懷意願地去了。當時，前輩記者中有好幾個人直接到越南去，採訪泥沼戰場回來，也有幾個冒著生命危險去到最前線拍照回來的自由攝影師。他們對才入社不久的新進記者來說都是英雄，每次聽到他們的經驗談，身為記者的熱血就會沸騰起來，但正確說來還稱不上記者的青澀如我，是沒有理由被派到越南的。

堪稱越南戰爭最大悲劇的美萊村屠殺事件，是在前一年的六九年十一月爆發出來的。事件本身發生在六八年三月，當初被當成「沒這回事」。但一個歸鄉返美士兵證明確實有這事件，寫信給國防部高層長官，要求重新調查，才從「沒這回事」變成「確有其事」。

接著六九年十一月十六日的《紐約時報》揭露了美萊村屠殺事件這一事實。美國士兵對非武裝的農民，連老弱婦孺全都屠殺的事件，並不誇張地帶給全世界重大的衝擊。

以這次為契機，美國國內的反越戰運動更加擴大下去。就算不到「反戰」地步，但「厭戰」心情已經擴散到美國各階層。

我到三澤的「反戰酒吧」ＯＷＬ去就是在這樣的時期。所謂ＯＷＬ就是「貓頭鷹」的意思，也有軍隊用語的ＡＷＯＬ（absent without leave）就是指「擅離職守」的意思。含有「美軍哪，到了晚上就要像貓頭鷹那樣睜大眼睛，逃離軍隊啊」的呼籲。

我是十月去三澤的，北方已經開始在做入冬準備。ＯＷＬ位於沿著三澤基地大門旁延伸出去以美軍為對象的酒吧街上，據說這裡在韓戰時期是最盛期。七〇年當時美軍人數就算多，但因為美元幣值比韓戰時已經顯著下跌，因此美軍士兵不再胡亂揮霍，景氣差了許多。酒吧街上到處可以看見關著門的店，白天走在街上有一股鬼城般的寂靜。

ＯＷＬ就是買下那種變成空屋的酒吧，改裝成以年輕人為對象的店家。年輕的越平連成員以酒保身分住進來這裡，打算跟美軍取得聯繫，他們把自己稱為「美軍解體作業員」。

我在ＯＷＬ決定讓他們招待一起住進去。經常駐在ＯＷＬ的Ｍ和Ｈ，和我年齡相近也有關係，立刻就熟起來。剛開張那陣子據說也有類似媽媽桑的女人，但我去的時候，只有兩個男人流著汗包辦從接客到打掃廁所的工作。

Ｍ據說拿下美國傅爾布萊特獎學金留學了四年回國。在美國期間越戰愈演愈烈，看到幾個美國朋友也被徵兵送到戰場去，雖然是留學生卻也悄悄參加了反越戰的運動。

「在美國有許多日本留學生，他們都一副越戰與我無關般享受著優雅生活。我向他們發傳單，邀他們去遊行，還惹他們討厭呢。」

「不過我去美國的時候，也滿懷抱負想回國後要當個年輕學者氣宇軒昂地好好表現的。曾幾何時卻從學校退下來，落到這個地步。」

Ｍ是個像山羊般留著溫柔鬍子的溫厚青年。美國大兵在店裡起衝突時，總是他出來勸阻。雖然如此，但內心還是有堅強的地方，對週刊雜誌記者立場的我，到最後仍沒有透露自己的本名。

另一位H也是個輟學的年輕人。在東京的高中、大學一路參加學生運動，六九年夏天不再去大學了。然後離家出走，到日本列島像侯鳥般旅行。在福井鄉下當起農夫，到伊豆大島做樵夫的工作，到東京隅田川旁的山谷當土木工人，也當過長程卡車司機。這是當時學生運動所衍生的一種「脫落野郎」的生活方式。

H對我是週刊記者的身分並不介意，很親切地把自己的生活向我說明得很詳細，也讓我拍照。那照片後來在《週刊朝日》登出來時，說是他高中時代同班同學的讀者，打電話到編輯部來說：「好懷念哪。那傢伙從高中時代就把別人的事看得比自己的事更重，是個很拚命的男人，現在在做這種事情嗎？請幫我問候他。」我想他是個大家都喜歡的男人。

H的「親密好友」，是每天來賣花的六十歲左右的阿婆。有一天，我跟他一起去她家玩。據說戰後，她從八戶移居到三澤來，一個人生活到現在。她還珍惜地保存著幾張美國寄來的聖誕卡，讓我看時，我瞄到是韓戰結束後和美軍結婚搬到美國去的日本女人們寄來的。只有從前的舊東西，並沒有新卡片。

ＯＷＬ傍晚開始營業，開店時間從四點到十二點，一到黃昏就有美軍從基地出來喝酒。

牆上貼滿了「不要戰爭」、「丟掉危險玩具吧」、「死已經近在眼前」這樣的海報，氣氛像大學靜坐示威的路障內一樣。

進來的美軍人數比預料的多。但那與其說因為ＯＷＬ是反戰運動的據點，不如說這家店是三澤的酒吧中稀奇地擁有對抗文化氣氛的關係。很多美軍說：「來到這裡就會想到自己學生時代住的地方。」

美軍全都很年輕。我也進入櫃臺裡和Ｍ、Ｈ一起扮演起酒保角色跟他們聊起來，然而他們都比我年輕。

在奧立佛．史東導演的越戰電影《前進高棉》（Platoon）中，描寫出當時在越南戰場滿身泥漿地作戰中的美軍，全都是美國貧窮階層年輕人的現實，但來到三澤「反戰酒吧」ＯＷＬ的美軍，很多則是來自美國中西部貧窮白人的孩子；也有黑人，有所謂蘇尼族的印地安原住民青年，幾乎沒有大學畢業生。

他們不太聽搖滾樂，喜歡帶有土氣的鄉村和西部音樂。在《前進高棉》的電影中，也安排了前線士兵聽著梅洛・海格（Merle Haggard）鄉村和西部音樂的美軍橋段，而來到ＯＷＬ的美軍點的曲子，大半是鄉村和西部音樂的曲子。

這對我是個新鮮的經驗。因為，我還以為那時候的美國年輕世代，都是搖滾樂迷。然而來到ＯＷＬ的美軍顯然幾乎不對搖滾感興趣，不但這樣，如果這邊不小心放了「胡士托」的唱片時，還有美軍會生氣地說「別放那種音樂」。那時候我才第一次知道，由於原生階級的不同，音樂的品味也不同。

美軍一喝了酒之後就會垂頭喪氣，全都對越戰感到厭煩，一心只想退伍日子趕快來臨，但也沒有人有精神去參加反戰運動，到ＯＷＬ來只為了抒發「厭戰」心情而已。我大膽地問：「既然那麼討厭戰爭，何不退出軍隊？」他們會說：「會吧。」然後就只沉默不語。

相對地Ｍ和Ｈ則很難積極地遊說他們逃走。因為，現實上在越南被逼迫面臨生死關頭的是他們美軍，總之對越南戰爭站在第三者立場的日本人，並沒有他們那樣確實的迫切感。

在這層意義上，當時日本對越南的反戰運動都有一種「愧疚感」。日本人既不能站在被害者越南的一方，可是當然也不能參與加害者美國這一方。如果對美軍說「反對越南戰爭！」的話，就會引來「你們又不是當事人，少說廢話！」「不知道徵兵制可怕的日本人別對我們的事多嘴！」的反駁；對這些反駁我們也沒力氣再反駁。

OWL的美軍喝醉後，也會纏著抱怨：「你們日本人真好，因為可以不必去打戰。」「你們只要那樣做，快樂地說反對越戰就行了。但在那之間在戰場上死去的卻是我們哪！」我沒話可反駁，確實正如美軍所說的，過去日本一直引以自豪的日本國憲法第九條，只有那時令人感到愧疚不已。

在那兩年前，在專門放映藝術電影的電影院公開播映了。一個法國電影人，為了表明對南越解放戰爭的公眾良心而製作了一部紀錄片《遠離越南》，帶給我們這個世代很大的衝擊。高達、亞倫・雷奈（Alain Resnais）、克勞德・李路許（Claude Lelouch）等法國電影人，批判越南戰爭的訊息，都編進這部電影。其中高達的獨白尤其坦率，高達對歐洲知識份子對越南戰爭只抱著袖手旁觀的態度，加以痛切地自我批判。

「不要再以我們的寬大去侵略越南了。相反的，應該讓越南來侵略我們吧？」

但，這部電影帶給我們這個世代衝擊的理由，是那片名本身。《遠離越南》，那說明了不管怎麼反對越南戰爭，自己反正不是當事者，只是從安全地帶鼓動反動運動而已，這話簡潔地說中了日本反戰運動的關係者共同感受到的愧疚感。

自由攝影師中平卓馬在某報紙上所寫的這句話，引起我的共鳴，我記錄在當時的日記裡頭。

「現在的日本高喊反對戰爭，絲毫不需要有個人的決心。總之西班牙很遠，而越南更遠」「所謂『打倒資本主義推動世界革命！』……支持這些口號的語言，缺乏真實感。」

實際上，那段時期反對越戰，是一種簡單的「正義」。所以對於自己能輕易說出「正義」的立場，不禁覺得好生心虛，好可疑。

今天，回想當年時，往往會說「六〇年代還有正義」，這樣美化地說，肯定是錯了。我們確實可能是打內心深處反對越戰的。但同時，我們對一邊身在安全地帶一邊反對戰爭的這種「正義」，也感到厭惡和愧疚。因此愈談到「正義」，反而愈想保持「沉默」。「正義」和「沉默」幾乎只隔一層紙。OWL的M和H，愈跟美軍交往愈傾向於保持「沉默」，變得沒辦法放懷去從事反戰運動，我想是因為這樣。

從六九年到七〇年，日本反體制運動逐漸激進起來，也開始發生炸彈鬥爭。七〇年三月發生了赤軍派發起的日航淀號劫機事件。

現在想起來，會傾向這種激進行動，或許是因為被「世界各地都在發生戰爭，只有自己還在安全地帶過著和平日子，實在忍無可忍了」這種愧疚激起的焦躁感產生的。「他們正面臨不是生就是死的危機，而自己卻置身和平之中」。要切斷這樣的愧疚，唯有自己也奮不顧身地跳進激進的行動中……

傾向激進行動的派系，猛烈批判越平連「溫吞」或「只會窩在輕易的和平運動裡」，M和H都充分知道這一點。

一方面被激進派批判，另一方面被美軍批判「你們真好，因為再怎麼說反對越戰，都不必擔心會被送到越南去」。我想被雙方夾擊的M和H，每天一定都相當難受。

十二點打烊，剩下三個人時，經常很冷靜的M，也很沒勁地說：「我們在做的事，說起來只是以和平當下酒菜，讓美軍喝酒而已不是嗎？」

開幕三個月，確實賣了很多酒。一天平均有七、八千圓的營業額，因此店總算能維持下去。貼了很多反戰海報，也發了傳單，但光這樣可能還不行。

「對心存厭戰的美軍，能聽到音樂喝到便宜的酒，看到新奇海報，這家店正是散心的絕佳地方啊！」

OWL在三澤這地方也很突兀，被當地人以外來的年輕小伙子用攪局的眼光瞧著。H雖然因為自己個性的關係受到附近太太們的歡迎，但她們因此就能理解OWL的運動嗎？並沒有。

想到這裡，M和H都很氣餒，採訪者的我，看到他們這樣也沒勁了。至少他們還有在做著什麼，相對之下自己只是裝成陪伴者的樣子而已。他們必須一直繼續推動這運動，我這邊過一星期就會離開這裡。當時，讓我繼續煩惱的「採訪的愧疚感」也揮之不去。

有一天，幾個美軍對我說：「帶你去個好地方。」被好奇心驅使之下跟著他們走。他們在基地外頭租了一間小公寓當據點，大家聚在那裡，就抽大麻。

他們也讓我抽大麻，大家圍著坐下來輪流抽，說是美軍從越南或泰國帶進來的東西。

可能因為藉大麻的力量，他們比平常坦白，開始告訴我自己的事。有人說看到亞洲人的臉就害怕。有人道出越南戰場的恐怖，還不如基地生活單調的可怕。有人說留在德州的太太跟別的男人結婚了，說著哭了起來。也有人表示日本年輕人光是不必去越南就夠幸運了。

其中有一個表情沉穩的年輕美軍，說他派駐泰國時成為佛教徒。「佛教很像嬉皮，都討厭殺人。」他說，服完兵役他不回美國，要留在泰國住下來。

他們都是比我年輕的美軍，沒有一個是大學畢業的。

抽了大麻之後，才全都回到基地去。途中，來到基地旁的草原，自稱是佛教徒的美軍指著草原的一區笑著說：「我只把秘密告訴你。在那堆草的地方其實種了我從泰國帶來的大麻。你看，那比較高的就是喔。如果我死了，那大麻都是你的。」

美軍回到基地去。

我回到OWL時，和M和H收拾整理店裡，吃了深夜的晚餐。雖說是晚餐，只是H用現成東西做的炒飯而已。OWL一樓後面是兩房一廚房一餐廳的住宅，三個人在那裡鋪上薄棉被睡覺休息。說到兩房一廚房一餐廳聽來像很漂亮的地方，但房子卻到處鬆動，雖然有浴室卻不能用，即將入冬的北方寒冷更是令人憂心。

遠方，傳來酒醉的美軍吵鬧的聲音。

「那些傢伙老是喝得醉醺醺的，不可能搞什麼反戰運動，不過還是不想去什麼越南吧！」黑暗中M說。

Side A

現代歌情

生活在溫吞吞日常中的我們，是不會懂得搖滾優點的……

七一年五月從《週刊朝日》轉到《朝日雜誌》的我，負責該雜誌中一個柔性連載專欄叫「現代歌情」。正如名稱「現代歌情」那樣，是以當時的暢銷曲為主題，請不同筆者寫出個人的心情，也就是從歌來看同時代現象的隨筆。

現在看筆記，有鶴田浩二〈傷痕累累的人生〉—大和屋竺、廣告歌曲〈一定要加油〉—東海林 Sadao、尾崎紀世彥〈等待重逢日〉—井上 Hisashi、北原 Mirei〈沒有懺悔的價值〉—鈴木清順……等。前面選用歌曲是該次的主題，後面是隨筆執筆者的名字。「啊，我向這個人邀過稿。」令人有點懷念。

我從《週刊朝日》編輯部調到《朝日雜誌》是七一年的五月，二十六歲時。當時陸續發生《朝日雜誌》回收事件，《週刊朝日》對最高法院裁決事件等，都是跟傳播媒體報導的基本姿態有關的幾個大事件，正是朝日新聞出版局內大動搖的時期。

當時，對新左翼運動始終懷著共鳴繼續報導的出版局內部，感覺到來自報社內外權力的攻擊。局裡以年輕編輯們為主發起造反運動，但那抵抗力開始降低下來。新左翼運動本身也四分五裂，只有部分組織想轉進更激進的武力鬥爭。總而言之新左翼已經開始進入寒冬時代了。

在我被調到《朝日雜誌》的同時，過去全力緊盯全共鬥運動的積極記者們則被分散到各個部門去，老實說是被「驅逐到」無法發揮力量的工作上去。從外部讀者的眼光看來，就像是《朝日雜誌》編輯部的解體、敗北似的。事實上也是這樣。採訪過大學鬥爭和三里塚鬥爭的前輩記者們，幾乎大半都離開編輯部。不，是「被驅逐」了。一般看法是《朝日雜誌》對權力屈服了。那該稱為「屈服」呢？還是該稱為「大報社為了自我保身的巧妙轉換軌道」？無論當時或現在，我都不清楚。

無論如何，新的《朝日雜誌》編輯部從一開始就背負著巨大的缺陷。新編輯部被報社內外視為一種第二工會[1]，也就是御用工會[2]。何況優秀的記者大量離開了，因此到底每期雜誌是否出得來，還是初步的疑問。新任總編輯人倒是好人，然而卻是個幾乎和同時代無緣的長輩。也和編雜誌沒關係的人，看來他本人似乎都對新工作感到為難的樣子。這樣的編輯

1 企業內經營高層與既存工會之間另組的工會，居於兩方協調之責，但運作立場通常傾向資方與既存工會對立。

2 資方握有實權的工會，又稱黃色工會。

部沒問題嗎？從一開始我就一直很擔心。心境就像一個處理敗戰的投手那樣。

雖然如此，再怎麼說是自由度很大的記者，畢竟還是個領薪水的上班族。只要被分派到那個部門，任何人都不得不工作，不能用白紙出雜誌。

然而愈做愈感覺被《朝日雜誌》的忠實讀者以白眼視為「第二工會」。也被前任編輯部的人冷眼瞧著「看你們的本事吧」。被分派之初就想到「為什麼非被派到這麼吃虧的職務不可」而感嘆自己的不幸。很羨慕被派到和時代狀況無關的單行本編輯部的同期同事。不過另一方面，也有身為記者的自尊，無法否認也有「無論如何能站在第一線和時代狀況有瓜葛畢竟也是好事一樁」的喜悅——就在種種折騰之間，這個時期真是左右搖擺。既想工作，然而又討厭遭白眼……被視為「第二工會」固然討厭，但，我是真心想工作。每天都在這種左右為難的矛盾中，心情像被針刺著一般。

這時，I主編對我說：「總之開始工作吧。」I以詩人來說，算是著名而有教養的卓越知識份子。古典音樂造詣也深，是我敬愛的前輩記者之一。I也是在那次人事異動中從《朝日畫報》編輯部被調到《朝日雜誌》編輯部。抽到「倒楣籤」中的一個。在新編輯部中，我能信任的只有這位I，談到美國新浪潮電影和滾石合唱團也能通的只有他了。

因此當他說「開始工作吧」時，我立刻響應他。就算處理敗戰也好，我想總之要工作。就算被說這肯工作的「勞動意願」正是公司方面的圈套，我也無話可反駁，但週刊雜誌每星期就是非出不可，總要有人來做才行。我沒「勇氣」冠冕堂皇地偷懶，如果被批判對公司缺乏抵抗精神，我只能回答是這樣沒錯，就是這麼回事。

何況外頭每天日常就在發生著三里塚鬥爭、越南反戰運動、大學鬥爭等事件，必須有人來處理才行。不管編輯部體質如何弱化，總之還需要人去採訪。

I主編和我，那天晚上在新宿二丁目的小酒店碰面，加上我們的共同朋友自由攝影師A。當天的主題是討論雜誌要連載什麼的版面企劃。沒時間了，必須是可以立刻開始的專欄。I主編和我都不想做一般直白式的專欄。我們決定做和時代景況無關的專欄，編輯部內稱為「軟派」的內容。

這決定或許以消極形式反映了我們的左右為難。

我們決定以歌曲為主題。那時以〈港町布魯斯〉、〈長崎今天也下雨〉、〈新宿布魯斯〉等歌謠曲和演歌，以日本歌來說最能表現出當時的時代氣氛。正是五木寬之說出「藤圭子的演歌是怨歌」名言的那個時期。一個能透過歌謠表現出即將進入「冬」季時代感情的專欄。標題就從當時的暢銷曲〈知床旅情〉的「旅情」得到靈感，決定用「現代歌情」。

「歌情嗎？語感很好。」那天晚上I主編和我都抱著破釜沉舟即將投入敗戰前出征前夕的心情痛飲一番。那夜我們喝酒的酒店老闆，後來在一九八三年所發生的大韓航空飛機墜落事件中不幸喪生。事後想來，在我們分別發生各種事情的人生中那一夜真是敗戰前夕，成為處理敗戰的第一回合。不過那又是另外的故事了。

「現代歌情」專欄六月開始。工作一開始就因日常瑣事而忙碌不堪，不必陷入難過的兩難煩惱中倒是得救了。而且每星期可以跟自己所喜歡的作者見面，再怎麼說都是最快樂的事。

第一回的專欄提到的是鶴田浩二的〈傷痕累累的人生〉，I主編和我多少有點想把我們面對失敗的心情寄託在這首歌上。文章是向經常為日活電影公司寫劇本的大和屋竺邀稿的。因為是臨時決定的企劃，時間上幾乎沒有商量餘地，我夜晚冒昧地去到位於日野市的大和屋竺府上，徹夜纏著他寫出稿子來，實在太不講理了（所以我到現在對大和屋竺都不好意思）。

我們決定要在專欄中放照片，先請一起加入企劃的自由攝影師A拍攝鶴田浩二的照片。兩個人去京都的東映片場找正在拍俠義片的鶴田浩二拍照，鶴田浩二猶如電影中的英雄般豪氣逼人。說話和態度都非常有禮，但眼光卻異樣冷徹、銳利，一說錯話恐怕會忽然被砍。那些身邊的跟班，看起來也很有魄力。被跟班似的男人問到「《朝日雜誌》？你是那左翼雜誌的人嗎？」時，老實說真害怕。

可能是我和A攝影師都被當場的異樣氣氛嚇到了，回到東京把拍的照片沖出來一看，一塌糊塗。截稿時間就是隔天，迫在眉睫，不能重新再拍了。沒辦法只好和A攝影師到新宿的電影院去，相機朝著銀幕上的鶴田浩二按快門。結果照片效果非常好。

不過特地專程到京都去拍鶴田浩二的照片，這樣一來對鶴田浩二實在抬不起頭來。沒辦法雜誌印出來後，我和A攝影師兩個人就到當時在淺草國際劇場演出的鶴田浩二後臺去，抱著一桶酒去道歉。心想被怒罵也認了，非常緊張地說明來意，鶴田浩二對我們犯的錯卻似乎毫不介意。令人佩服果然是個大明星。那一夜，我和I主編和A攝影師三個人又在新宿的居酒屋集合，為「現代歌情」的開始而舉杯慶祝。

之後「現代歌情」進行順利。嵐山光三郎、井上Hisashi、小林信彥，現在看來是鼎鼎大名的陣容，當時都全面支持我們，身為編輯的我深受照顧。有時也會向日大全共鬥的秋田明大，京大全共鬥的瀧田修等當時新左翼的「名人」邀稿。秋田明大寫了關於「練鑑布魯斯」的稿子，因為這組合太妙了，心想可能會被罵說少開玩笑了，沒想到竟欣然接受邀稿。瀧田修則說喜歡美川憲一的〈女人的早晨〉，於是請他以這個為主題發揮。我想在那個時代，這種巷子裡唱的歌，才更能碰觸到時代深處的心情。當然那是還沒有卡拉ＯＫ的時代。

最近美國雜誌，《Details》做了一個六〇年代的特集，其中有一份問卷調查，要讀者舉出一張「最具有六〇年代感覺」的唱片。得到最多回答的是，勞倫斯．卡斯丹導演的《大寒》電影原聲唱片，我想果然選得真好。其中有誘人的〈My Girl〉，有艾瑞莎．弗蘭克林（Aretha Franklin）的〈A Natural Woman〉、普洛柯．哈倫合唱團（Procol Harum）的〈A Whiter Shade Of Pale〉、三狗夜合唱團（Three Dog Night）的〈Joy To The World〉等六〇年代「懷念老歌」。雖然比起披頭四和滾石的許多暢銷曲，或許稱不上名曲，卻是以一種「巷歌」留在我們印象中的曲子。我想時代的心情就是投影在這種「巷歌」中吧，而且我想所謂六〇年代「巷歌」已經成為時代的隱喻了。

如果在日本有所謂《大寒》的歌謠曲版的話，什麼樣的「巷歌」會被選出來呢？大概是〈港町布魯斯〉、〈長崎今天也下雨〉或〈山谷布魯斯〉、〈朋友啊〉、〈華沙工人歌〉等歌曲吧。

美國胡士托搖滾音樂節是在一九六九年八月舉行的，那紀錄片則是在翌年七〇年的七月在日本公開放映。正好碰上《午夜牛郎》、《逍遙騎士》、《虎豹小霸王》等美國新浪潮電影陸續上映的時候。四十萬之多的人聚集在一起，卻幾乎沒發生任何麻煩就圓滿結束，這「Love & Peace」的巨型搖滾聚會也帶給日本搖滾世代強烈的印象。於是「日本也要辦個像胡士托搖滾音樂節」成了一個夢想。

這個夢想在一年後，七一年的八月，以「中津川民謠營」的形式實現了。會場在岐阜縣中津川的花之湖周邊，以「和製胡士托」為特點大肆宣傳。《朝日雜誌》也出了「現代歌情」的號外篇，特別報導那野外音樂節，我和那年四月才剛入社的後輩M一起去採訪。

查看當時的日記，八月七日和八日兩天，正是最熱的時候。雖說是在山中，但盛夏狹小的會場能聚集二萬以上的年輕人，可以說人氣鼎沸。岡林信康、釜泡弘、吉田拓郎、Blues Creation、日野浩正等人氣歌手陸續來到，站上野外的舞臺演出。

白天太熱了不能表演，等黃昏後才開始。因為等了很長時間，因此聽眾的狂熱更是激情奔放。前一天晚上，說是從神奈川來的一個高中生在泥漿般的湖裡游泳腳被絆住溺死了。屍體白天才好不容易浮上來，穿著牛仔褲的溺死屍體。忽然聽到噩耗急忙趕來的母親趴在屍體上「還不要死啦，還活著啊！」大聲哭著。大家看到那樣子都沉默下來從遠遠守望著，只有那瞬間，整個會場忽然靜悄悄的。

白天發生了那件事，因此當晚的會場從一開始氣氛就怪怪的。從日野浩正開始演奏之後，場內就騷動起來。「這種音樂別再演奏了！」「民謠和搖滾都被資本汙染了！」抗議聲浪開始紛紛冒出來。大家都為了某些原因焦躁不安。我們所做的事和胡士托說像也不像，我們自己所做的既不是真正的搖滾，也不算真正的越南反戰運動，卻要一味模仿人家。這種羞恥讓大家感到煩躁懊惱，不只聽眾而已，可能連歌手自己也一樣。

當爵士女歌手安田南登上舞臺時，會場內已經混亂得不可收拾，一片騷動。到處發出某種怒吼，有團體唱出國際化之聲，有團體跳上舞臺開始高喊示威遊行口號「粉碎！粉碎！」性格的安田南朝示威團隊大聲教訓起來：「你們這些傢伙別胡鬧了！」

大家都像中了邪。與其說生別人的氣，不如說對自己生氣。安田講堂也失敗了，日大全共鬥也敗退了，三里塚也被強制執行了，「年輕人的叛亂」到處被迫撤退了，還搞什麼搖滾音樂節、什麼胡士托！我也有這種心情。

到了晚上十點左右，會場的混亂達到極點，主辦人終於宣布音樂會中止，於是混亂更擴大。不過那時候我倒認為這音樂會中止比較好，失敗才更有意義。搖滾，是在越南戰爭的體驗中所產生並茁壯起來的美國年輕世代的音樂。生活在溫吞吞日常中的我們，是不會懂得搖滾優點的……

集會中止了。接下來我輪番採訪了會場的幾個年輕人。「你對中止有什麼感想？」「你對搖滾有什麼想法？」不，最後還挑釁地發問「你對全共鬥怎麼想？」「為什麼沒參加示威遊行而到這種地方來？」他們也不甘示弱地反咬我一口：「你才是在這種地方幹什麼？《朝日雜誌》已經是靠體制那邊的雜誌了吧？」彼此衝動地互相怒罵。我可能把日常在工作職場上所受的壓力，和被視為第二工會左右為難的苦悶，都衝著年輕世代發洩。

這種狀態持續到深夜。然而到了凌晨三點左右，果然大家都累了，混亂也自然一點一點收斂下來。大家開始在墊子上或睡袋裡睡覺，我也準備回到山下的住處去。這時，次要舞臺突然有樂團開始演奏起來，已經沒有混亂也沒有怒吼，大多數觀眾都睡了，幾個還有精神的年輕人開始聚集到那個舞臺下。那個樂團朝著少數被選出來的聽眾，內心興奮卻外表冷靜地繼續演奏。我心想真了不起的樂團，感動地繼續看著他們的舞臺。那是Happy End樂團。

「天空被戰爭汙染的國家　抱著從那裡來的可樂　穿著橘色的嬉皮裝
那是毫無辦法的我們」

Happy End樂團的這首歌，和籠罩著整個會場的氣氛最吻合。背後傳來他們的歌聲，我和後輩M在黎明中走下山路離開會場。

「現代歌情」在那之後還繼續下去。

〈東京流浪者〉──鈴木清順、〈我的城下町〉──草森紳一、〈失散町〉──嵐山光三郎、〈含淚邁向明天〉──井上Hisashi。

每天的工作變得愈來愈吃力，新左翼運動愈來愈激進，開始演變成武力鬥爭。想去採訪時，又不斷發生連記者都不得不冒著危險的緊迫危急。每天我都不得不逼問自己到底能對他們「投入」到什麼地步。

因為那樣的緊張繼續不斷，於是「現代歌情」的工作反而成為一種救牘。在做著那件工作之間，我都可以暫時忘記全共鬥運動和三里塚運動的事。在「中津川民歌音樂會」的舞臺上，因為安田南給我留下強烈印象，我去向她邀稿。剛開始本來想請她寫有關爵士樂的暢銷曲目，但兩個人談著之間，決定改為寫披頭四的〈Hello Goodbye〉。披頭四在前一年解散了。「Goodbye」或「分手」和那個時代的氣氛和心情很合。一留神時「現代歌情」寫過的歌也有很多是「分手」的創作：〈等待重逢日〉、〈女人的早晨〉、〈港都告別歌〉……

而幾個月後，我自己也和《朝日雜誌》的編輯部「告別」了。

SIDE B

逮捕之前 I

深夜，我房間裡電話突然響起來，是K打來的，他的聲音異樣興奮：「我剛剛襲擊了自衛隊基地」……

在採訪過程中認識的人犯下殺人事件，警察完全不知道誰是犯人，但我卻知道。而且事件後，還去見犯人，甚至採訪了他。

這種情況，記者應該通報警察嗎？

不用說，記者有「隱匿消息來源」及「採訪過程的秘密絕對不洩漏到外部」不成文規定的職業道德。和醫師、律師的職業道德相同，雖然在法律上沒有明文規定。但如果打破這個重要規則，是會喪失記者職業生命的。因為有「隱匿消息來源」的大原則，因此受採訪的一方可以對記者以如同內部舉發的形式說出重要情報，結果以完成所謂「報導」為目標，更確立了「言論」的「自由」。

然而記者也是一個市民，知道有犯罪就該通報警察，這是市民的義務。

身為一個記者，要始終堅持隱匿犯人嗎？或身為一個市民，應該向警察通報犯人呢？

二十七歲，以《朝日雜誌》記者所面臨的事件——結果，對我來說卻成為畢生難忘的事件——正因為是牽涉到記者職業道德的問題。

不過，事件不單純只是殺人事件而已，還牽涉到思想犯的政治行動，使事態更加複雜而嚴重。

我遇見那個男人——K，是在一九七一年的二月，我還在《週刊朝日》編輯部的時候。

東大安田講堂事件後經過兩年。淀號劫機事件、東京萬國博覽會、三島由紀夫切腹自殺事件、還有披頭四的解散……都是一年前發生的事。那興奮還持續著，但誰都不知道該如何釋放出自己內心「奔騰的熱血」般的熱氣才好，是一個那樣的時代。能量失去出口，只能拚命往裡面一直塞。好像某個海邊「風平浪靜」氛圍般的時代，安靜不動都會流汗，卻無法乾脆地讓它發散出來，只能耐著性子忍受那溫溫的汗水。

全共鬥運動大為退潮，大學生之間，苦悶而蒼白的日常生活繼續延伸擴大。

那年二月，栃木縣真岡市發生京濱安保共鬥的三個成員襲擊槍彈店，奪走獵槍二挺及散彈一千五百發的事件。這是自從赤軍派所發動的淀號劫機事件之後，激進政治集團的活動型態從大眾行動，持續轉變，朝更直接的武力行動邁進。三里塚農民的機場建設反對運動演變得更激烈。從六〇年代後半展開的反體制運動，逐漸分成以越平連所代表的穩健市民運動，和赤軍派所代表的激進直接行動，兩極化發展。在那之間則有龐大的「消耗」和「沉默」下去的複雜層面。

記者也逐漸無法只處於「旁觀」的安全地帶了。在採訪直接行動的團體時，記者這端也變得不可能全身而退。某種程度會不得不涉入採訪對象那邊直接行動的為難狀況。在採訪成田機場建設的反抗運動中，ＴＢＳ電視臺記者提供採訪車給農民搬運「武器」的「方便」，這事情被發現後，「記者能涉入對方多深」成為採訪反體制運動記者經常面對的課題。

比我資深很多的前輩記者們曾經談起，六〇年安保時，用採訪車載被警察的警棍打得傷痕累累的學生們到醫院去的經驗。不過那還是在「人道」大義名分上站得住腳的立場，算是好的狀況。某種意義那還是個牧歌般的時代。

然而狀況開始變嚴酷了。例如，採訪「激進派」時，如果給他們採訪協助費，在刑法上是否會被問罪？和被警察追捕中的「激進派」接觸時又如何？留他們在家住一夜，聽取他們的說法，是合宜的嗎？

政治活動愈激進極端，追蹤動向的記者，也就愈無可避免地會身陷危險。

二月栃木縣真岡市剛發生京濱安保共鬥所挑起的槍彈店襲擊事件後，有一個自稱京濱安保共鬥成員名叫K的男人，打電話到《週刊朝日》編輯部問：「要不要做獨家採訪？」他們的目的，似乎是想「利用」大眾傳播媒體做宣傳。

跟那個自稱K的男人在電話上對話的，是當時《週刊朝日》整體負責新左翼運動的N記者。在那個時間點我還不知道N記者和K交涉過的事。不，不只我，《週刊朝日》編輯部內，也只有總編輯和部分主編才知道，算是一種秘密事項。

有一天，N記者邀我到一家喫茶店去。然後在角落的座位，告訴我事情的大概的經過之後，說希望我協助做K的採訪。我才進報社第三年算是年輕資淺的，卻能負責這樣大的事件，光這點就讓我感到興奮了。

而N記者，是當時我所敬佩的同事，年紀大約比我大三歲。頭腦比別人靈光得多，工作表現也傑出。和六〇年代安保當時的學生運動領袖們都有往來，有幾分吊兒郎當知識份子的瀟灑調調。我很樂意聽N記者的話。平常崇拜的前輩記者要做重要事情時，能被他選為搭檔，我感到與有榮焉。因為過去從來沒採訪過所謂「激進派」，因此也很興奮，不知道該怎麼說才好，總之「血」在騷動。

N記者擬定了採訪那叫K的男人的步驟，但見面地點成問題，因為K正被警察追捕中，他不願意到顯眼的地方。考慮過種種可能後，我向N記者提議，到我家怎麼樣。當時，我家在阿佐谷。我的房間正好有點像偏離主屋的獨立小屋那樣與外部隔離，不必擔心別人的眼光。

於是就決定在我家採訪K。那一夜，我一個人在屋裡等候。八點左右吧，N記者帶著K來到我家。

是個年輕男人，年齡比我小，說是日大的學生，但希望我完全不要問他私事。

於是我們立刻開始採訪。幾乎都是N記者在發問，我只把那照實記錄下來。「京濱安保共鬥的政治目的是什麼？」「奪取的武器要用在什麼方面？」「和赤軍派是什麼關係？」……N記者把事先準備好的問題大約花一小時提出來。K對所有的問題都毫不遲疑地回答，絲毫沒有令人感覺有閃躲媒體般瞬間猶疑的停滯。

採訪結束，漫無邊際地閒聊一陣後，K和N記者就回去了。

第二天早晨，N記者叫我，兩個人又到報社附近的喫茶店去。我們在角落的座位「密談」般，討論昨天的事。

「那個傢伙，可以信任吧？」N記者單刀直入地問我。

我回答：「可以。」N記者說：「會企圖搶奪武器的大膽傢伙，搞不好是在做接受媒體採訪般嘩眾取寵的表演呢？」對K有幾分懷疑。或許K是警察的間諜？或許是其他派系假冒京濱安保共鬥的名義想得「利」呢？N記者，像個負責政治活動的記者般慎重。

我的判斷過於天真。我「信任」K有兩個理由，都是很小的事，卻奇怪地留在我心中。

一個是，採訪結束後K巡視了我的書櫃，抽出一本書來說：「啊，這本書，我也非常喜歡。」那是中村稔的《宮澤賢治論》。我想「激進派」成員也會喜歡宮澤賢治嗎？那組合的意外性讓我吃了一驚。

我問：「你喜歡宮澤賢治嗎？」K回答：「我非常喜歡《銀河鐵道之夜》。」

那瞬間，我對這個男人萌生了親近感。

然後，又有一件也是很小但很意外的事。當時，我以「巴布．狄倫世代」自詡，平常會彈吉他。K發現房間角落放著我的吉他時，問我：「可以彈嗎？」「激進派」也會彈吉他？我又覺得很意外地把吉他交給K。

K那時彈的曲子更讓我大感意外。我以為他要彈日本的民歌，他彈了清水樂團的〈Have You Ever Seen The Rain〉，邊彈邊唱著英語歌詞。

宮澤賢治和清水樂團——這兩點讓我信任了K。

N記者在採訪過K之後，對他是否真是京濱安保共鬥的成員，為了刺探「內幕」做了多方採訪。既沒得到確證，也沒得到「不是」的反證。N記者把對K的採訪寫成報導，以相當大的篇幅登在《週刊朝日》上，這成為和K之間關係的開始。

K可能因為自己所說的話被報導出來覺得自己被「信任」了，從此經常打電話到我這裡來說「想見面」。

剛開始在報社附近的喫茶店見。又說「被公安警察跟蹤了」或「被右翼盯上了」，故意小題大作地顯出擔心的模樣。也說過「我弄到手槍了，要在下次四二八沖繩日的時候用」。

我沒辦法自行聯絡K，我要他告訴我聯絡方法，他表示「這種事不能告訴媒體」，絕不肯透露。話雖如此，K卻經常打電話到編輯部：「我人來到附近了想見個面。」一見面時卻沒什麼重要的事。好像只是想要「採訪協助費」而已，委婉拒絕，他就會當沒事般站起來消失蹤影。

「那傢伙好像不是京濱安保共鬥的人。」N記者苦著臉這樣說是在五月左右。在向新左翼相關人士多方打聽之下，據說誰也不認識叫K的男人。N記者要我跟他交往最好保持一點距離。

不過在那個時間點，我還很在意宮澤賢治和清水樂團的事。K確實是個可疑的男人，說不定是新獨立派系的成員，或無政府主義者。

不知道第幾次在喫茶店見到K時，我鼓起勇氣試問他：「你真的是京濱安保共鬥的成員嗎？有情報說你不是。」K對我的質問並不動搖地說：「在那之後內部開始對立，我離開了京濱安保共鬥，碰到過嚴酷的查問。你們一定不會知道的，那種嚴酷，有一陣子我以為會被殺。」

我半信半疑地聽著他說。後來，我試著問了採訪時認識的日大全共鬥的活動家T關於K的事，因為K說曾經參與過日大的全共鬥活動。T說不認識這種男人：「最近增加很多假冒參加過日大全共鬥的奇怪傢伙，所以最好多留意。」

對K的不信任增強的時候，因為一件小事，又淡化掉那不信任了。有一天，K又打電話到編輯部找我：「我來到附近了，想見個面。」我多少懷著一點戒心，到了每次去的那家喫茶店去見K。那次，幾乎沒談到政治方面的話題。

K說昨天在新宿看了一場非常棒的電影。我不禁上鉤了，問他是什麼電影。我以為是高倉健或鶴田浩二主演的東映流氓電影，卻不是。是美國新浪潮的《午夜牛郎》，而且他這樣說：

「在那部電影中達斯汀．霍夫曼有一幕說『I'm scarred. I'm scarred.』（我好害怕）。那個地方非常好。我在準備直接行動時，也會很害怕。覺得『好害怕、好害怕』。」

那樣說著的K，就沒有平常那種深不可測的可疑感覺。我想再跟他交往一陣子看看吧，如果他真是個可疑男人，我倒想來試著窺探看看那不可解的箇中巧妙。

一天，我試著邀K喝酒，K居然爽快答應。我們到阿佐谷那陣子我常去的一家小酒吧，那一夜，我和K喝了酒。K一直談著俄國幾個恐怖份子的事，想把自己擺在英雄的立場。我想或許他這樣做是想去掉自己「害怕」的心情，逼自己往一個又一個行動前進吧。

「你用吉他彈過清水樂團的〈Have You Ever Seen The Rain〉，你喜歡搖滾嗎？」

「我剛開始不是政治少年，而是搖滾少年。但不是聽披頭四或滾石這種著名樂團，我喜歡像清水樂團那樣的團體。」

吉米．亨得利克斯（Jimi Hendrix）在一年前死掉。珍妮絲．賈普林

（Janis Joplin）死了。門樂團（The Doors）的吉姆・莫里森也在七月剛剛去世。

「不過我很安心清水樂團絕對不會死，因為他們有某種和土地相連的安定感。」

我那時候也非常喜歡清水樂團，因此那夜我們不談政治談搖滾。

五月朝日新聞出版局內部，有很大的人事異動。概略地說，那是把到目前為止局裡很多同情新左翼運動的記者調離現場的人事調動。尤其是過去一貫支持全共鬥運動或三里塚農民運動的《朝日雜誌》編輯部記者們，都成為調動對象。

我那時候則從《週刊朝日》調到《朝日雜誌》。如果是一般的狀況，或許會為這調動而感到高興，但怎麼說時間點卻很惡劣。

新的《朝日雜誌》編輯部，如果過去的戰力是十，現在只剩五，體力弱化了一半。讓人想到報社高層在這個時間點，是否想除掉《朝日雜誌》而施行「連根拔除」式人事異動。

新任總編輯已經一把年紀，而且不是擁有當代感足以擔任週刊雜誌總編輯的人。幾個主編也從各部門召集而來，一副急就章拼湊成軍的感覺，很難發揮團隊工作效率。而且編輯部成員不是像我這種資歷淺的記者，就是上了年紀的。每個人內心都在想「來到一個不太妙的地方」。這樣子雜誌能出得來嗎？而且就算出得來，恐怕也很難達到以前那種朝氣蓬勃、內容豐富的地步了。

但這弱化的編輯部總之只能開跑了。N記者在這次的調動從《週刊朝日》的編輯部被調到圖書編輯部去，也就是從第一線現場被排除了。新的《朝日雜誌》編輯部裡我能信賴的人，只有I主編而已。I以詩人聞名，而且是擁有音樂、電影、戲劇等廣泛教養的知識份子。在社會事件記者等粗暴記者很多的社內，只有他一個人是特別出色的教養人士。我主要是和I搭配開始工作。

從這五月的人事異動之後，出版局裡漸漸蔓延起一種馬虎草率和意興闌珊的氣氛。過去採訪過全共鬥運動和三里塚機場反對運動的記者們，被調離現場後逐漸變得內向起來。也有記者說「已經厭煩政治運動的採訪」，而開始採訪起溫泉或釣魚的。

在那樣的環境下，只有《朝日雜誌》的新編輯部是孤立的。無論從過去的編輯方針，或雜誌性格來說，都總不能流於藝能報導或旅行報導。雖然體弱還是不得不追蹤新左翼運動的動向。

那任務主要就落在我肩上，對於進公司才剛邁入第三年的人來說負擔很重，不過新編輯部裡除了我之外，沒有成員能採訪新左翼運動。

調到新編輯部之後，採訪遊行示威和政治集會的機會比在《週刊朝日》時多了。因為在《週刊朝日》時有N記者等前輩記者包辦這些採訪，因此我可以愉快地去做漫畫、搖滾和戲劇類等當時逐漸盛行起來的次文化的採訪。

然而這次是上面的人走光了，所以不得不比以前更積極地去追蹤政治活動。雖然確實也有能做大事的滿足感，但同時，在編輯部內完全沒有統一定調去採訪反體制運動卻令人不安。總編輯幾乎是沒有果斷力的人，幾個主編除了I之外，全都是不擅長新左翼運動的人。

而且反體制運動本身變得過分激進，所謂全共鬥運動還是大學內部的運動，要說暴力也只不過是頭盔和棍棒而已。而且只是一種對抗暴力的物品，因此記者這方會對他們懷有同情，採訪過程就算加入他們，也還不太有危險。

然而自從七〇年三月赤軍派所引起的淀號劫機事件之後，激進的政治派系從校內走出校外，從大眾行動朝武力鬥爭開始變激進。所謂「炸彈鬥爭」的用語也開始動不動被端上檯面。愈常採訪他們，記者這邊的風險也愈增加，那是採訪全共鬥運動時所伴隨的風險無法相比的。

那時我在出版局記者們經常聚會的銀座酒店，和《朝日雜誌》以前的編輯部成員們爭辯。在他們看來，我是一個把他們從前美好的雜誌搞壞的新人。舊編輯部和新編輯部——這種差別明明只是上層的人事異動造成的，卻微妙地留下了疙瘩。以舊編輯部的成員來說，懷抱第一線的工作被奪走的不滿，因此在酒店經常會鬥嘴：「你們，到底要把新雜誌怎麼做。認真去採訪三里塚啊！」被舊編輯部的人這麼說，我也火大起來反駁道：「現在狀況愈來愈嚴厲了，已經不像以前那種牧歌般的時代了。」

編輯部坐在我隔壁的是一位姓S大約五十歲左右的編輯委員。S是古代埃及文化的專家，也有好幾本著作。他是個不怎麼打算出人頭地升上管理職，只想做自己喜歡的工作，屬於學者型的人。人格清高，幾乎不關心社內的人事問題。有一次，我和S兩個人在喫茶店聊起來，他說下次他要到南太平洋一些小島去採訪。身旁也有每天不是全共鬥就是三里塚鬥爭，滿腦子熱勁的人。我好羨慕S，感覺和時代與狀況無關，研究古代歷史的他，真是難能可貴的存在。而一味追蹤政治運動的自己則顯得很卑微——雖然這麼想，那對我來說仍是眼前的工作。

那時候我透過N記者認識了京大全共鬥的英雄瀧田修。土本典昭導演以他為主角所拍的紀錄片《游擊兵前史》當時很受好評，瀧田修是新左翼的名人。

因為硬派活動家的印象很強，因此見面前我有點緊張，但見了面之後，人卻出乎意料之外的豪爽。如果說東大全共鬥的山本義隆屬於學者型的話，瀧田修則屬於豪傑型。很能喝酒、愛開玩笑、喝醉後喜歡放聲高歌。在周圍有許多人的喫茶店裡竟然高談闊論起「炸彈鬥爭的可能性」，我都為他捏一把冷汗。因為他說的是關西腔，感覺更豪放。與其說被他的「理論」，不如說被他的「人格」吸引。

和瀧田修熟了之後，從瀧田口中出現K的名字。那傢伙好像打算要幹一樁什麼大事的樣子，是個來歷不明的傢伙，老想著自己另立門戶。

瀧田這樣說K，他似乎也對K的人格存疑，但從那豪放的個性看來，感覺可能會來者不拒地去相信K。

這瀧田修和K關係的密切程度，後來在審判時成為很大的焦點，不過我到現在都不認同檢察官的主張，認為事件是瀧田指導K做的。瀧田以老大的性格或許想掩護採取行動的K，但卻沒有信任K到一起製造事件的地步。首先瀧田自己就有自己的活動。後來埼玉縣警強調「瀧田—K」的共犯關係，通緝瀧田，但我到現在都對這點存疑。只是或許瀧田的豪爽個性反而壞事，他沒有任何戒心說過的話，後來可能一一成為「證據」被利用。如果要批評他缺乏「革命的警戒心」，也只能承認確實沒錯。

K想搞個什麼大事件的說法，我也從N記者口中聽到。說是武力鬥爭。以前，我和K在阿佐谷的酒館喝酒時，曾經對K說過：「如果你要發動什麼事的話，就讓我採訪。」在這方面我是個「有野心」的記者。畢竟還是被想跑大新聞的記者「野心」所俘虜，如果要否認這點就是說謊了。進報社第三年的我，已經不是天真的新人記者。武力鬥爭的採訪雖然伴隨著風險，但也因此能做出更刺激的報導。我是如此地「盤算」。

K打電話到《朝日雜誌》編輯部來找我，是進入八月後的事，說「想見個面」。以前就算見面也沒談到具體話題，但這次不同。在喫茶店的角落，他說已經組成名叫「赤衛軍」的武力鬥爭組織，擬好襲擊自衛隊某基地並搶奪武器的計畫。

因為說得很具體，所以連我也緊張起來，過去對K懷有「來歷不明的男人」的不信任消失了。我興沖沖地說，如果真有這回事，希望在執行前的準備狀況能先讓我採訪。當時總之被想報導這件事的記者根性所捕捉。K說自己不能一個人決定，等跟夥伴商量後再答覆。我再度強調無論如何都想採訪。在這個階段，是由我這邊說服著不起勁的K的態勢。K說幾天後會打電話給我，便消失在混雜的人群中去了。

那是炎熱的季節，藤田敏八導演的《八月溼砂》正造成話題，電影中海邊沉澱般「無風」的空氣，和時代的氣氛極吻合。

八月中旬，K打電話來，說今晚要讓我看武力鬥爭的準備用品。我想K是說真的了。或許可以得到大篇報導材料的期待，和已經踏進危險領域一步的不安，讓我心情亢奮起來。在這個階段我還沒和主編商量，決定憑自己獨自判斷到K所指定的藏身地點去。

那一夜，約在新宿西口的小喫茶店和K碰面，然後立刻搭計程車到他的藏身地點，位於世田谷區混雜凌亂的住宅區一棟木造兩層樓的公寓。K帶我到裡面一個房間，只有三疊榻榻米左右的狹小房間。盛夏的天氣卻把遮雨板窗閉緊，屋裡十分悶熱。裸燈泡照射下昏暗的房間裡，只有K和我而已，我們幾乎沒開口。

K面無表情事務性地，把準備好的東西亮給我看。有「赤衛軍」名字的頭盔、戰鬥宣言的傳單，和一把嶄新的菜刀。我以為既然說是武力鬥爭應該會準備更厲害的「武器」吧，因此出現一把菜刀時，我一瞬間就洩氣了。然而在裸燈泡下，K拿起那把菜刀站著時，是有點恐怖。而且，這是一把到街上的刀具行或百貨公司，要多少都可以輕易到手的一把菜刀，結果就成為殺人事件的凶器。

我得到K的許可，在燈泡下以自己的相機拍下菜刀、頭盔和傳單。

待在房間裡大約三十分鐘吧。走出外面時，我問K：「你要在什麼地方做什麼？」K說要襲擊自衛隊的基地搶奪武器，而且說就在最近幾天行動。

去過K的藏身地點之後，我在各種意義上確實開始不安，我對K這個人的判斷也開始沒自信起來。他是當真的嗎？如果是當真的為什麼準備階段只讓我看呢？新左翼的行動派會單純地相信記者「隱匿消息來源」的職業道德嗎？那麼K只是又在玩譁眾取寵的把戲嗎？所謂「赤衛軍」這從來沒聽過的組織，實體是什麼呢？

自己一個人獨自闖出來採訪這條新聞，讓我感到不安，我去找一直追蹤新左翼運動的報紙部門社會線的T記者商量。T記者比我大五歲左右，是個有能力的記者。以前我跟T記者一起採訪過高中紛爭等新聞，也知道彼此的脾氣。和N記者不同，我想他透過報紙圈的情報網可能知道K的什麼也不一定。

我在報社附近的喫茶店和T記者見面，T記者也沒有關於K的情報。我和T記者決定下次見面時由他陪同。那天，我可能相當興奮吧，大聲地說出我到K藏身地點，看到他亮出菜刀的事。T記者以嚴肅的表情提醒我注意：「在喫茶店別大聲嚷嚷這種事，新聞記者也可能被警察跟蹤哦。」T記者經驗比較豐富，對這種事很慎重。我從T記者臉上的嚴肅表情，再度自覺到自己真的踏進嚴重處境中了。

接著兩、三天沒有任何動靜，我忙著通常的專欄工作。然後到了八月二十一日。炎熱的，星期六夜晚。

深夜，我房間裡電話突然響起來，是K打來的，他的聲音異樣興奮。「幹了！幹了！」好像是打公共電話。「我剛剛襲擊了自衛隊基地」「士兵可能死掉了」「武器沒搶到」。我想該來的終於來了，K真的是活動家。雖然各個派別認為K來路不明，用不信任的眼光看他，但他也照自己的方式採取了行動。我對K說，既然這樣，我想好好詳細採訪你，請指定時間和地點吧。K說目前還不明朗，所以明天會打電話到公司，語畢便掛斷電話。

雖然如此，在這個階段，我對K是否真的已經採取行動了還有幾分存疑。雖然已經深夜我還是打電話到社會線，T記者正在值班。我問，朝霞那邊有沒有發生什麼事件，T記者回答說，沒有任何這類消息進來。事件到底有沒有發生？K是否真的採取了行動？在情報不明中天亮了。

翌日是星期天，中午NHK電視新聞，把埼玉縣朝霞基地自衛官被刺殺的事件大肆報導出來。陸上自衛隊朝霞基地，遭到以搶奪武器為目的，自稱「赤衛軍」的激進份子侵入，一個正在巡視中的自衛官被刺殺。K真的幹了，昨夜興奮的聲音是真的。

我立刻趕到公司，因為是星期天所以局裡幾乎沒人。《朝日雜誌》編輯部沒有任何人。懷著期待和不安我等著K的電話，等了大約兩小時，K打來了。我決定明天，在築地一家旅館跟K碰面。

到這個地步，我想必須跟主編商量了。到目前為止一直都單獨行動，但實際上事件既然已經發生了，必須得到上司的許可才行，否則以後就無法繼續相當「危險」的採訪了。

獨家採訪犯下自衛官殺人事件的激進份子，確實以報導來說是很聳動，但和全共鬥運動和三里塚農民運動比起來，卻得不到輿論的支持。現在電視新聞上也在嚴厲批判激進派的行動，激進派是社會中的「異類」，正繼續被剔除中，激進派因而產生孤立感而朝更極端的行動闖進去。

怎麼說時機都不湊巧。《朝日雜誌》編輯部本身，就是急就章的編輯部，還沒形成足以刊登這種「危險」報導的健全體制。然而要就這樣斷絕和K的聯絡，卻有失記者的「骨氣」。還有在我內心，對於連準備階段都讓我看過的K有一種「虧欠」的感覺，至少K對我是「信任」的，在決定行動之前的階段就讓我採訪，甚至還讓我拍凶器和頭盔的照片。

對這點變成我「虧欠」他了。這和對K在思想上產生共鳴或對他的行動感到同情的層次不同，我是在稍微偏向感情的層次上，以一個採訪者對被採訪對象的K懷有虧欠的愧疚感。

那「虧欠」的感情使我的判斷又往更「危險」的方向偏離。在這個階段我的心理「感情」勝過「理性」。說自己很害怕「I'm scared」的K，或許是個可疑的男人，但卻做了某種跳躍。那個K雖說因為從他單方面的情況「信賴」我，而透露了計畫的一環。K既然已經做到這個地步了，如果我就此打住說「不報導了」而卸下工作，那麼我就等於「妥協」了。

我應該繼續採訪K嗎？或應該在這裡抽手？

猶豫又猶豫之後，我決定採訪。而且為了得到許可，明明是星期天晚上，還是去到主編中我最信賴的I主編家。

I對這採訪採取消極態度。整個社會的狀況太壞，而且，編輯部內的狀況也太壞。現在這個時候如果去對主導殺人事件的激進派做獨家採訪，並報導出來，會被貼上《朝日雜誌》還是「紅色　紅色　的朝日」的標籤。

I設法阻止我去見K，我反而變得感情用事，一味主張：「事情演變到這個地步，已經無法回頭了。」我也想到這種事情——全共鬥發生的時候，首先是同情他們，事後說來難聽，但「煽動」他們的難道不是《朝日雜誌》編輯部嗎？

那全共鬥運動現在從校內轉往校外，從大眾運動轉向直接行動而變得激進，甚至因此而遭受孤立了。這時候，《朝日雜誌》編輯部，卻說不再管他們的事而拋棄他們，這樣行嗎？正因為他們正孤立無援的時候，才更應該聽他們的主張不是嗎？

不，那時候我沒辦法那樣有條有理地反駁I，可能只是捫心自問而已。而且我跟K在中午的電話中已經約好隔天見面，事到如今已經無法「逃避」了。

該前進，或該止步，我跟I相當激烈地爭論。一個詩人，溫厚的知識份子I，似乎壓不住激動的我。結果，I說報導要不要刊登到版面上暫時保留，只准許我明天去見K。臨分別時，I說：「我是擔心你所以才反對的。既然你要事先聯絡社會線的T記者的話，就別一個人去，跟T記者一起去見K吧。」在那個時間點，I真的很擔心「感情用事」的我。而且熱愛莫札特和巴哈的I，正想盡辦法阻止我和激進派「殉情」吧，我想。

不過，我卻辜負了I的好意，奮不顧身地衝出去，或許深藏在自己內心深處自我毀滅的狂熱顯露出來了。

我和Ｋ先在築地的旅館碰面，我單獨做了採訪。向Ｋ提問了預先準備好的問題「什麼是赤衛軍？」「這次事件的目的是什麼？」「思想背景是什麼？」……此時因為彼此都很興奮，採訪並不順利。我對Ｋ說，社會線的Ｔ記者也想採訪，我和Ｔ記者兩個人，可以另外採訪嗎？Ｋ說如果採訪費分別支付的話就沒問題。

接下來Ｋ拿出從自衛官手臂上奪下來的警衛臂章讓我看，那是「貴重的」事件證物。

Ｋ和我第一次接觸，是二月間京濱安保共鬥在栃木縣真岡市發生搶奪槍彈店事件時。當時Ｋ自稱是京濱安保共鬥的成員，我和Ｎ記者和他見了一面，但後來知道是他說謊。從那以後，我雖然繼續和Ｋ見面，但已經不能信任Ｋ了，只是基於好奇心想窺探Ｋ可疑的真相。

然而那應該是可疑的Ｋ，卻真的挑起直接行動了。這個男人到底是什麼樣的人？這是我想採訪的重點。與其弄懂「赤衛軍」，我更想試著解剖把謊言和真話胡亂混雜的Ｋ這個不可解的人的內心。說得誇張一點，我感覺到K對文學上的興趣。在說謊的另一面，竟然能用吉他把清水樂團的曲子彈得那麼好聽，還喜歡讀宮澤賢治的書，對《午夜牛郎》中達斯汀·霍夫曼說的「我好害怕」有同感。

誰都不知道K的過去，在哪裡出生？到底是什麼大學出身？現在住在哪裡？

K這個男人到底是什麼樣的人？我說是好奇「赤衛軍」這個組織，不如更想問關於K自己的事，然而這個階段卻不能這樣做。

K在京濱安保共鬥那件事時騙了我，這次說不定又只是假借「赤衛軍」的名義而已，可能又在說謊也不一定。這次我對K明說：「我要看朝霞事件的證據。」

K為了證明，讓我看從美軍基地搶奪來的警衛臂章和自衛官的褲子。因此我相信這次K真的採取行動了。

我把那警衛臂章拍了照片，然後問他可以把這個當「採訪證據」給我嗎？因為畢竟K有欺騙記者的「前科」。要把他的採訪寫成報導時，編輯部當然會引起「又是造假的消息吧」的疑問。為了消除那疑問，需要有

Ｋ確實採取行動的「證據」，因此我堅持要取得警衛臂章和褲子。對Ｋ來說，警衛臂章和褲子是「犯罪行為的證據」，不能帶著這種物品走在東京街頭，反而感覺是「該除掉的東西」，因此Ｋ把警衛臂章和褲子交給我。

結果這警衛臂章和褲子，幾乎要了我的命。因為這時從Ｋ取得的警衛臂章和褲子，後來我透過朋友處理掉，正好犯了刑法一〇四條的「湮滅證據罪」。

當然在當下時間點，想都沒想到會有這種事。反而因為取得「採訪證據」的重要物件而感到心滿意足。而且更重要的是，因為有這警衛臂章，能確認Ｋ真的是造成事件的主犯也讓我感到滿意。不必擔心會像上次那樣成為「造假的消息」。

他說留在現場的傳單，也和我先前在世田谷的藏身處所看到的傳單一樣，這樣幾乎可以確認Ｋ和事件有關係。

傍晚，社會線的Ｔ記者將加入採訪，繼續在同一個地點進行太危險了。Ｔ記者提議，到他在青山的家去怎麼樣？Ｔ記者還單身一個人住在大廈裡。我們判斷這總比閒雜人等進出的旅館要安全，於是我開車載Ｋ到Ｔ

記者青山的大廈去。

從築地到青山，總覺得每經過一次紅綠燈所瞥見警察的視線，感覺都像朝這邊看似的。如果這時K被跟蹤並逮捕的話，我也會以「藏匿犯人罪」立刻遭到逮捕。因為在法律上的免責事項中，採訪這理由並不成立。這時我真的很緊張。

其實，兩年前我也參加過一次類似的「危險」採訪。那是我悄悄去見通緝中的東大全共鬥議長山本義隆時。那是《週刊朝日》N記者當時的工作，我擔任N記者的助理。

我們的工作是負責把躲在某個藏匿處的山本義隆，用車子載到他下一個行動預定地：全共鬥舉行全國集會的日比谷野外音樂廳。以法律上來說這確實是犯罪行為，這不只是和刑法上被問罪並被警察追捕中的「犯人」接觸而已，還給了他行動上的方便，因此不但「藏匿犯人」還「協助逃走」。

N記者和我都甘冒這樣的風險。在六九年當時的狀況，還能容許這樣的冒險行為，而且山本義隆畢竟是全共鬥運動的英雄。N記者和我，甚至以能袒護這樣一個時代英雄而感到自豪。

N記者和我把山本義隆從都內的某個藏匿處帶出來，讓他坐進預先安排好的包車，開到日比谷公園去。那時也緊張極了，萬一在路上遇到盤查該怎麼辦？我坐在副駕駛座，山本義隆坐在後座。從後視鏡看來，山本義隆也很緊張，他因此微微發抖的手，給我留下深刻的印象。

從築地到青山T記者的公寓大廈，一面用包車載著K，我比兩年前「違法行為」時更緊張。如果司機從鏡子裡看我，可能會看到我全身發抖不停。

掩護山本義隆的情況，在刑法上罪還算輕，因為他和殺人沒有任何關係，只是純粹的政治犯。但這次可不同了。K和殺人有關，如果以「協助逃走」（刑法一〇〇條）來說的話，我可能也難脫罪嫌。況且東大全共鬥的情況也得到輿論的同情，但對「赤衛軍」這種沒聽過的弱小組織，可能誰也不會同情。我和K在車上都緊張極了。

在青山的T記者公寓大廈中，T記者做了採訪準備。K剛開始對於要見社會線的記者感覺有點抗拒，但看到T記者的親切表情後，似乎稍微安心了。T記者在報社內是有「嬉皮記者」綽號的名記者，和常接觸警察的記者類型不同。是對漫畫和地下劇場等對次文化擁有獨特品味的新式社會線記者，過了三十歲還單身，享受著自由奔放的私生活。

K對T記者的個性似乎立刻感到投緣。一開始的緊張解除了，露出與其說像「活動家」不如說更像「二十多歲年輕人」的表情。

沒放過這個機會，T記者陸續向K提出問題。「所謂赤衛軍是什麼樣的組織？有什麼樣的成員加入？」「為什麼以朝霞的自衛隊基地為目標？」「具體說說襲擊的情況吧。」

當時K的回答令我印象深刻的是，提到好幾次三島由紀夫的名字。三島由紀夫在市谷的自衛隊基地衝擊性地自殺時，瀧田修說了「新左翼輸給三島由紀夫」的話，K這時候也說了同樣的話：「我們這次的奮起行動終於追平三島由紀夫了。」

「三島只殺了自己並沒有殺人，『赤衛軍』說起來卻只殺了迎面經過的自衛官不是嗎？」我問。

「我們把自己逼進『瘋狂』的狀態。藉著把自己逼進大眾視為『瘋狂』

的行動中，我們才能讓自己接近『理智』。」K像在反駁我的質問般回應。

當時和K的對答，現在並不是憑記憶寫的，而是根據當時的筆記。因為那時採訪錄音還不普及，因此可惜沒有錄音帶，不過我的筆記，後來在我自己的審判時也當成證據受採用。

採訪進行了大約一小時。比起我來，「身經百戰」的T記者採訪果然不同，比我在築地旅館的採訪深入、犀利、刺激得多。我在旁邊一面聽得津津有味一面想到，這「應該會成為社會版頭條吧」，立刻出現職業性考量。讓T記者把精采部份都寫光，我在《朝日雜誌》就沒得寫了，當時盡是想到這種不關痛癢的事。

採訪之後，我跟T記者分別給了K名義上是採訪費，以萬圓為單位的錢。那嚴格地說等於觸犯了刑法上所謂「援助逃走」的行為。然而，在那個時間點，我和T記者，都覺悟到這樣深入介入「犯罪」事件，已經無法恢復乾淨的手了。

那一夜，下一個問題是，要讓K住哪裡。

已經無法再回築地的旅館了。我打算帶K回我家。看到這情形T記者說：「這樣的話，不如就住在我這裡好了。」不用說在此時讓K住在家裡，事後被發現的話，真的等於犯了「藏匿犯人罪」及「協助逃走罪」。就算是記者，也不能免於受法律制裁。

T記者會說出讓K住在自己的住處，我想是基於前輩的體貼，為了防止讓經驗不足的後輩我留K住自己家，會帶來更多「風險」。我決定接受T記者的好意，把K留在T記者的公寓，自己一個人回家去。

這兩天來，一連發生的事，對一個二十幾歲的人來說實在太吃力了，讓我感到精疲力盡。

採訪算是順利的，能依I主編的意思進行，也得到社會線T記者的協助。

問題是，對K的獨家採訪是否能在《朝日雜誌》報導出來。

一夜過後，星期一我進了公司，但，事態卻往意想不到的方向發展了。

我一到公司，T記者就臉色鐵青地走過來說：「我有秘密要跟你說。」我跟Ｔ記者走進公司裡沒人會來的會議室。Ｔ記者所說的內容，簡單說就是「Ｋ的事情不得不報警」。

——Ｔ記者，準備把Ｋ的採訪寫成新聞報導，照例應該跟社會線的上司商量。

結果，上司判斷這次的「自衛官殺害事件」並不是「政治犯所引發的事件」而是「一般的殺人事件」。因此，這事件也不適用「隱匿消息來源」的原則。上司的判斷是，Ｔ記者應該立即向警察通報Ｋ是這次事件的犯人。

——「那你自己怎麼判斷？」我問Ｔ記者。「很遺憾我不得不遵從上司的判斷。」Ｔ記者苦著臉說。

這時我和Ｔ記者都面臨，應該站在遵守「隱匿消息來源」職業道德的記者立場，或站在「應該向警察通報犯人」的市民立場，這二選一的立場。

以常識判斷，站在市民立場會輕鬆許多。但，這樣一來，至少就變成背叛「信賴」記者的Ｋ了。確實Ｋ或許是個可疑的男人，可能是個殺人犯。不過至少，K肯定是認為我們不會「背叛他」所以才接受我們採訪的，那麼通常我們「不會背叛」K應該是人際關係的規矩吧。

我對T記者如此抗辯。後來才知道，確實在很多意義上是我的判斷太天真。不過我以記者的原則所做的判斷，也就是，「K的事情不應該報警」的判斷，到現在我都認為沒錯。

K確實是個可疑的男人，不過他也是一個「思想犯」。他認為我們是記者，而且正因為相信我們是記者會遵守「隱匿消息來源」的最低限度職業道德，才會答應我和T記者採訪的。

沒想到現在，卻因為認定K是「社會的壞人」，而把他「出賣」給警察，這對K純粹是背叛行為。

我繼續反駁T記者，但T記者的心情已經在一夜之間變了。「輿論已經不支持我們。」「K和全共鬥的山本義隆不能『相提並論』，如果是山本義隆的話輿論也會同情他。但對K，可能誰都不會支持他，他只是個『殺人犯』。如果要袒護他的話，連我們都會被視為『殺人犯』的同夥了。」

T記者的說法也有說服力，或許正如他說的才對。山本義隆再怎麼說總是東大的精英，精英自己捨棄了精英的地位，走向反體制運動。但山本義隆的行動，只限於大學校內。對校外的一般市民來說，山本義隆是暫且「不會危及自己的人」。所以對山本義隆的人氣提升是有幫助的。

相較之下K怎麼樣呢？

比起山本義隆那樣的精英，K卻是個「不知道哪裡冒出來的無名小卒」。K？這名字，聽都沒聽過。大學唸哪裡？出身呢？

這樣的男人潛進自衛隊的基地裡去，把沒有任何罪過的自衛官殺害了。

輿論難道會站在K這邊？

「K跟山本義隆不同。」T這樣的一句話，我到現在都還記得。但那時候不管怎麼說，我總覺得K「好可憐」。

K到那時候為止，也一直繼續被當做「騙子」、「間諜」及「三流活動家」。如果他是東大全共鬥的成員，或許也不會那樣做著自欺欺人的事情。如果他是個「來歷清楚」的人，在新左翼中可能也會得到應有的地位。例如，同樣屬於激進派的瀧田修，到現在都沒人認為他壞，那難道不都因為他是「京大」出身的嗎？相對之下K呢？確實K因為自己出身的可疑而繼續被拿來質疑。

如果K是「東大」出身的話？如果他是「京大」出身的話？想到這裡，我覺得我無法單方面判斷K是個壞人。這種「多餘的考慮」，如果要說我太偏袒K這種人，我也沒有反駁餘地。

總之，T記者採取了不把K當成「思想犯」的立場，也就是說，他要立刻去警察局通報K的事。當然T記者對於向警察通報某人這件事可能也會感到「愧疚」，但如果不這樣做，下次自己說不定會因為「協助犯人」而被逮捕。

T記者最後對我說：「你最好也依社會線的判斷去做。」

我對前輩T記者說：「我看不起你。」K或許是個討人厭的人，不過至少在那個時間點，他「信賴」我們。那麼，我們也應該回應那「信賴」，才是做人的最低道德標準吧。

然而我的反駁，對T記者卻行不通。

「你太天真了，這不是記者的職業道德能通用的情況啊！」T記者對我說，接著他又再強調一次：「K和山本義隆不同，他只是一個殺人犯哪！」

我無法再跟T記者辯論下去了。對我來說K是思想犯，因此他也適用「隱匿消息來源」的原則，他犯下的事情不能報警，我只能繼續主張這樣的記者原則。

T記者的「遵從上司的意見去報警」，和我的「K是思想犯，因此絕對不報警」，意見分歧。

我和身為前輩的T記者，這時候，認真地爭吵起來。「你，總之只想保護自己而已吧。」我還這樣批判他的保身主義，自己心中也存在著保身主義，因此才惡意地這樣批判他。

結果我和T記者吵架分道揚鑣了。（從此過了十五年以上，我至今仍無法修復和T記者的友情，可能一輩子都解決不了。雖然寂寞卻也沒辦法，在那個時代唯有這樣的「分手」才算確實地活過。）

T記者，接到社會線的意向指示報警，並通報K的事。不，具體上T記者，在什麼地方如何報警，我在那之後因為沒見過T記者，因此並不清楚。

但我確實知道，T記者由於協助警察，而得以免於刑事責任。對這一點，我則始終固執於「K和山本義隆同樣屬於思想犯，因此應該嚴守隱匿消息來源的原則，K的事也不應該報警。」的立場。這樣寫，好像我是好人，T記者是壞人似的，我並不喜歡如此定論，但在那個時間點，我真的覺得沒有什麼好或壞。感覺彼此只是在鬥「意氣」而已。

或許，還固執於記者原則、職業道德之類的我，只是個還青澀的年輕人而已；而認為那種東西只不過是紙上規則，懂得變通的T記者，才是認清現實，成熟得多的大人也不一定。

和T記者吵架分手後，我斷然採取「不協助警察」的態度。我自己，雖然個性上並不是那麼「好鬥的記者」，但事情到了這個地步已經無法退下了。

當然我也非常知道和Ｋ「殉情」的危險，但，在我心中卻認為即使是一個那樣可疑的男人，至少他還「信賴」我，因此我也產生要適時回應他的心情。那判斷確實太天真，後來想起來，真的真的太天真。

不過，到現在我並沒有認為Ｋ是百分之百的壞人，我是百分之百的好人。我在那個時間點，至少，因為相信了Ｋ所說的三個關鍵語……宮澤賢治、清水樂團及《午夜牛郎》。

大哥看著我的臉，慢慢說：「你知道，死了一個人，一個完全無辜的人被殺了喔。」

逮捕之前 Ⅱ

SIDE B

社會線決定協助警察，我該怎麼辦才好？《朝日雜誌》的編輯部該怎麼辦才好？

我被Ｋ總編輯和Ｉ主編叫去，兩個人都為事態的進展傷透了腦筋。他們介於「協助警察」的社會線和「不想協助」的我之間，只聽取雙方的說法而已。

兩個人都為人敦厚，心腸很軟，人也很好。因此沒有勉強我遵從命令，但同時，也沒有負起責任表明編輯部的態度，只是困惑而已。我則固執於這個事件是思想犯所引發的政治事件，因此遵守隱匿消息來源的原則，所以採取不協助警察的立場。

當然，社會線方面對這點有反彈。尤其叫做Ｓ的社會線新聞部長強硬地反彈。進入九月立刻就是星期六，我被出版局長叫去。局長室裡，除了Ｙ出版局長、Ｋ總編輯、Ｉ主編之外，還有Ｓ部長也在。首先開口的，就是並非我直接上司的Ｓ部長。

「以社會線來說，是把這次事件視為一般的殺人事件而決定協助警察的。Ｔ記者昨天接受了警視廳的調查，接下來希望你也能協助警察。警視聽的刑警說，今天晚上想見你，所以你務必去見他，把知道的實情說出來。」

我很驚訝的是，和刑警見面的時間和地點都已經指定好了。

S部長一副我理所當然應該聽從他命令的態度，我對那高壓的態度極其反感。出版局和社會新聞部是不同部門，管理系統不同。可是他居然闖進出版局長室來，眼裡彷彿沒有出版局長和《朝日雜誌》總編輯的存在似的，單方面說要我「遵從社會線」，這種說法令我不快。

在朝日新聞社裡一般新聞記者，尤其是社會線和政治線的記者，對出版局的《週刊朝日》和《朝日雜誌》雜誌記者擁有優越感。他們有一種報社主要是他們報紙部門在支撐的想法，因此雜誌記者在報社裡只不過是支流而已。S部長來到出版局長室，當著出版局長和總編輯的面，對我說「你要遵從社會線」的說詞，明白透露出優越意識。

社會線（報紙）和出版局（雜誌）之間本來關係就很緊張。

那緊張關係隨著新左翼運動激烈化之後變得更強烈。《朝日雜誌》和《朝日畫報》的報導比報紙的報導更同情新左翼運動。以當時的用語來說是更「心情三派」[1]。

報紙和雜誌的採訪技巧有決定性的不同。相對於報紙是依據所謂記者俱樂部制度，雜誌方面卻不依靠記者俱樂部而是自主性地跑新聞，也就是打游擊式的採訪。公安事件的採訪等情況，基本上靠跑警察的記者俱樂部支持的報紙，有能充分使用警察情報的優勢。但反面是，和警察權力形成一種互相遷就的關係，和警察的緊張關係變淡，對警察權力產生「客氣」的態度。

相對之下，《朝日雜誌》的情況因為不屬於記者俱樂部，因此對警察「客氣」的程度比較少，這差別當然也會出現在報導上。

針對新左翼運動的報導，《朝日雜誌》比社會線更同情新左翼。平常和警察往來較頻繁的社會線則不一樣，他們會把警察方面的看法也強烈地穿插到報導裡去。

本來朝日新聞社內報紙和雜誌的對立，隨著全共鬥運動和越南反戰運動等新左翼運動的激化，而變得比以前更緊張。這「報紙和雜誌的對立」也使我的事件變得更複雜。

六九年、七〇年、七一年——我在出版局的這三年，正如我寫過幾次的那樣，是新左翼運動的急遽高漲期（不過同時也是急遽退潮期……）。出版局的記者中，老實說很多是「心情新左翼」的。在局裡記者同仁們議論起來時，很多人表明同情全共鬥或三里塚農民。就像我跟K和瀧田修喝過酒那樣，出版局的記者和全共鬥的學生喝酒，參與他們的捐款活動，在那個時期是家常便飯。

這樣的氛圍也反映在雜誌的版面上。出版局三個週刊雜誌中，讀者年齡層稍高的《週刊朝日》走比較穩健的路線，但《朝日雜誌》和《朝日畫報》則明顯傾向新左翼。

六九年，《朝日畫報》當時成功地採訪到被通緝中潛入地下的東大全共鬥議長山本義隆，和日大全共鬥議長秋田明大，發表了兩個人潛伏在隱藏處的照片而大獲好評。

然而這種「同情新左翼」的心情給出版局帶來不少輿論壓力。跟警察關係比較密切的社會線新聞部就批評「出版方面那些傢伙在搞什麼鬼」，出版局也逐漸被警察盯上了。

1 三派指中核派、社學同、反帝學評三派所組成的全學連，對這三派全學連的行動和想法，心情上表示支持的立場，稱為「心情三派」。

六九年底，還發生採訪學生示威遊行的《朝日畫報》年輕記者，在路上受到警視廳機動隊員暴力相向的事件。

出版局內部本來統一步調，讓全體遵照，但逐漸受到外部壓力的干擾。五月所進行的局內人事大調動，我覺得就是對這種外部壓力的屈服或自我規範。看來好像是在外側強加威力之前，局裡的層峰自己就先緊急煞車了。

S部長可能把我視為出版局裡的「滋事份子」或「全共鬥同情者」。幾乎沒有商量餘地地對我發出「今天，去見警視廳的刑警。」這既定安排。我吃了一驚，但在滿臉困惑極了的出版局長和總編輯面前我也無法反駁。我很清楚報紙對出版局、社會線對《朝日雜誌》的影響力道，正大大地轉向報紙部門的社會線。

回到編輯部，I主編對我說：「要不要對警察坦承事實由你決定。」我想這對於有良心的I主編來說，已經是盡了最大心力支持我的話了。但以《朝日雜誌》編輯部全體來說，對這事件怎麼打算？總編輯和I主編終究沒有表示意見。他們並沒要求我把採訪經過從頭到尾再說明一遍，這讓我感到不可思議。他們是認為反正要我說明也會被「滋事」的我拒絕嗎？或只想盡量遠離事件而已？或只是單純地跟不上事態進展呢？

結果我一個人去警視廳見刑警。九月初的星期六，雨天。刑警說在銀座的日航飯店訂了房間等我。我傍晚四點到了飯店，日航飯店離公司步行大約五分鐘。座落於銀座酒店街入口的一樓喫茶室裡，那個時間要去俱樂部和酒吧上班的女人們身影十分顯眼。而現在正要去見刑警的我，感覺非常不適合這個場合。

我決定跟刑警見面，也只主張記者被賦予隱匿消息來源的原則，其他事情一概不說。除了有不想說身為記者才能知道的事情這個原則論之外，我對於把得知的情報「通報」給警察這種行為本身也很抗拒。

不過另一方面也很不安和害怕。如果跟警察對立的話，警察以後當然會敵視我。何止把我當「新左翼同情者」而已，甚至可能把我當成「活動家」。他們應該不會看漏我在採訪過程中對採訪對象的承諾，及關係介入之深吧。

我敲了門，中年刑警來開門，他報了姓名是警視廳的K刑警，在狹小的單人房裡只有我和刑警兩個人。

刑警從一開始就開門見山地說：「希望你協助搜查。把你所接觸過的犯人姓名告訴我們。」事件發生後已經過了兩星期多，警察還不能鎖定犯人，我的「通報」會很有價值。

我只主張，記者的職業道德，隱匿消息來源的原則論。我只重複強調「社會線和我的見解不同。以我來說我認為那個事件是思想犯所犯下的事件，所以無法把採訪所得的情報向警察通報。」這一點而已。

刑警要求我協助，我說辦不到，一再這樣重複。在狹小的、密閉的房間裡幾次快要窒息，感覺簡直像被關在單人牢房裡一樣。我想我如果不說，他可能不會放我走。K刑警始終保持冷靜，而且執拗，我幾次說過「不行」還是從頭開始談起。

經過兩個多鐘頭，K刑警終於說：「今天就算了。」並放我走。臨走時遞給我名片說：「你改變心意的話，跟我聯絡。」

我走出飯店，鬆一口氣，但事情並沒有結束，我想不會就此罷休。外面下著雨。我完全被警察盯上了，採訪過程中和K的關係忽然顯得破綻累累。協助逃走、藏匿犯人……構成「犯罪」的要件要多少有多少。不只這樣而已，我跟K喝過酒，也留他住過家裡，而且事前他還讓我看過犯罪行為的準備。如果被視為他們的「同夥」也難以否認，「狀況證據」都齊全了。就因為是「同夥」的，才會以所謂「記者的職業道德」當藉口來掩護K，不是這樣嗎……

我淋著雨回到公司，已經是晚上了。因為是星期六，所以編輯部裡的同事大半都回家了，總編輯和I主編都不在。聽說I主編去看歌劇，那使我非常心寒。編輯部裡一個同事去見刑警了，總編輯和主編居然都不等我回來，問我經過情形如何。當下我意識到這終究將成為我自己個人的責任問題，《朝日雜誌》的編輯部應該不會以全體編輯部來保護我了，報社更不會保護我。我第一次感到自己的孤立無援。

對記者來說，容許介入採訪對象到什麼程度？一般說來，如果想取得情報的話，介入對象愈深愈好，和採訪對象的關係愈深才能得到愈多情報。

政治記者為了要從口風緊的政治家得到情報，可能也會設法進入他們的私生活中。演藝圈記者為了得到明星的特別消息，可能會跟他們一起吃喝玩樂。對記者來說，這種私人關係既是貴重的消息來源也是財產。所謂記者的力量就看人面有多廣，能擁有多少私人消息來源而定。

但這只限於採訪對象是一般老百姓的情況。

如果採訪對象是犯罪者的話又如何？跟他們的私人交情容許到什麼程度？如果對方是反體制政治活動家的情況，記者跟他們的交往被容許到什麼程度？可以採訪被通緝的激進份子嗎？那時候如果付給他們採訪謝禮，算是協助逃走罪嗎？

這介入深淺的問題可能沒有規矩可循，幾乎都以個別情況而定。以當時的社會情勢，記者和警察權力的力量關係，以輿論的動向而定。

自從六八年全共鬥運動發生以來，《朝日雜誌》和《朝日畫報》的記者們和全共鬥學生們和各派系領袖們開始親密地往來。大幅地、熱烈地介紹他們的主張，跟他們一起喝酒，參加他們的討論，也應邀出席他們的募款活動，換句話說介入非常深。

全共鬥時還容許像這種私下的交流，山本義隆和秋田明大在潛行中的報導大幅刊登出來也不成問題，反而被稱讚是記者的英勇之舉。輿論對這種記者的反權力姿態也還非常寬容。

全共鬥運動不管思想上多麼激進，行動上都還很安穩，因為那行動只限於大學校園內。而且因為那震源地是「東大」，是知性精英份子們自己對社會性意義「自我否定」的姿態，多少還有一種清潔感。

然而全共鬥運動逐漸退潮，當政治派系所發動的街頭行動、直接行動走上檯面之後，記者和新左翼的蜜月時代便告結束了。

和全共鬥或越平連的活動家親密喝酒還不成問題，但和高舉武力鬥爭口號的政治派系成員私底下交際卻已經接近「犯罪」了。

大家怎樣看待反體制運動的採訪呢？我想本來在這個時間點以朝日新聞社來說，或許至少《朝日雜誌》的編輯部應該決定新的方針和態度才好。

然而《朝日雜誌》當時的編輯部已經失去那樣確實的團結一致。講白一點，當時已經變成「過一天算一天」的編輯方針，編輯部要追上現實狀況已經很吃力了。

社會線協助警察，但我卻沒有配合，這件事在當時報社內也只有少數關係者才知道。K總編輯和I主編都沒有把事情向編輯部內公開，採取讓內部全體同仁一起思考對策的方向。我想這在K還沒被逮捕的情況下，也是沒辦法的判斷，但以我來說，則擔憂總編輯也許想讓事件含含糊糊地結束掉。總編輯或許在等待有一天我會「自我」屈服，像社會線一樣向警察「通報」，因此事件能相安無事地落幕也不一定。

社會線的人既然把事情看成一般事件，而且決定對K的採訪不寫成報導（社會線為什麼會這樣，我也不知道最後的原因），《朝日雜誌》也因而無法將K的「獨家採訪」做成報導。五月出版局內的人事大幅異動之後體質弱化的編輯部，不可能對抗社會部強大的壓力。

然而現在想起來，我覺得把事態公開出來會比較好。我採訪了K的事，但因為有隱匿消息來源的記者道德原則，所以無法公開K的名字。應該把這件事堂堂正正地在編輯會議上表明，並把K的採訪寫成報導。

演變成不能這樣做的原因，一是新的《朝日雜誌》編輯部總編輯和主編，還有我自己都輸給周遭認為「《朝日雜誌》還是傾向紅色的」這樣的無言壓力，做了自我約束，另外一點是因為社會線早早就向警察通報了。結果重點不放在「K的採訪該不該寫成報導」上，反而是「應該向警察通報嗎？」成了重大議題。

現在冷靜想起來，我認為在那個時間點，如果我能再努力一下，把K的採訪寫成報導就好了。比起要不要協助警察的問題，首先更重要的是應該把K的採訪寫成報導，應該努力說服S部長或K總編輯，就算一頁也好都該報導出來。

那樣一來，因為那篇報導的反應，從讀者（輿論）的反應，就能在更深入的層次去議論朝霞事件到底是「殺人事件」，還是「思想犯的政治事件」了。

然而由於《朝日雜誌》編輯部態度上自我約束，加上社會線的「通報」使那可能性被關閉了。焦點從要不要報導變成要不要報警、要不要協助警察等重要問題。「報導」不如「通報」優先。

面對協助警察的社會線的強勢力量，《朝日雜誌》編輯部沉默下來，我自己也變得無法再抵抗了。對K採訪要寫成報導的事，不知不覺間也不了了之。如果報導出來，顯然會刺激社會線和警察。編輯部和我都沒有挑釁他們的力量，只能縮著肩膀，等他們的力量轉移再說。一種敗北感沉痛地襲來。總編輯和I主編都不再提這件事，我，也沉默地自閉起來。

由於不能把K的採訪寫成報導，筆記和照片首先就不再需要了，我把那些全部收藏在公司的書桌抽屜裡。

問題是，採訪K時託我保管的臂章，K說那是從襲擊的自衛隊基地搶來的東西。我把那視為真的和犯行有關的證據，當天晚上K交給我保管。K真的是事件的犯人，因此，那是證明報導不是捏造的謊言，是鐵證如山的事實物證。

這臂章含有兩個意義。從記者的我來說，那是「證明報導是正確的物件」，從警察來看那是「證明犯罪的物件」。當初，我沒看出臂章的意義和重要性。因為，我以為警察搜索時一定可以找到很多其他證據，因此臂章就算是犯罪證據也是眾多證據之一，one of them而已。在那個階段實在沒想到臂章居然會成為唯一的、絕對的證據。

後來我因為間接燒毀這臂章，在刑法上構成「湮滅證據罪」而被逮捕，在那審判中，我的律師主張，這臂章的重要性是事後衍生出來的。他的辯證如下：

「正如被告本人（川本）的供述中也提過，被告所處分的物品，如果是犯行所使用的凶器，或奪取來的槍的話，被問以證據湮滅罪應該沒有任何疑問。但被告所燒掉處分的東西只是一枚臂章而已（至於長褲被告並沒有看內容，而且在強盜殺人事件中並沒有用到，更缺乏重要性）。而且取得臂章並非計畫中的，而是K心血來潮偶然發生的事。碰巧因為沒發現兇器等重要證據，後日臂章才發展成具有重要性，但至少在燒掉處分的階段只是附屬的憑證而已。」

我對自己受託保管的臂章只想到「證明報導是正確的物件」，並沒有意識到那會是「證明犯罪的物件」，這一點現在回想起來是我太天真，是我的錯。

雖然如此還留下這樣的疑問：如果我在處分過臂章之後，能協助警察交出證據照片的話，警察會逮捕我嗎？如果我跟社會線一樣協助警察的話，處分臂章可能就不是值得被視為應該逮捕、起訴的行為了吧？

我判斷對K的採訪已經不可能寫成報導後，決定處分臂章，因為臂章已經拍成照片而我保有那底片，所以留著臂章本身精神負擔很大。對我來說一直持有能證明別人實際犯罪的物件也很不安，而且或許會被視為不可理喻的爛好人。更何況這個事件有人被殺，從那現場帶出來的臂章，一直留著也覺得很可怕，漸漸成為精神負擔。

這臂章其實我託付給出版局的同事U。採訪過K的那一夜，回到公司的我，回家之前遇見U。U那時候，太太因為放暑假回娘家了，他一個人，問我要不要去他家喝酒。我好不容易順利採訪完K，一方面累了一方面也鬆一口氣，想跟熟悉的U一起喝酒。

九點左右我和U從有樂町的朝日新聞社坐車到高井戶U同事家，那是公司的員工眷屬宿舍。U雖然和我同年齡，卻和單身的我不同，已經結婚也有小孩了。感覺是個穩重、有家室的人。和二十七歲還在瘋搖滾、迷漫畫、裝年輕的我恰成對比。

我是一九六九年進朝日新聞社的，同期新人約有五十個人，從一開始就被分配到出版局（《週刊朝日》、《朝日雜誌》、《朝日畫報》等雜誌編輯）的包括我和U只有四個人。

正如前述，報社裡出版局並非主流。積極的人都希望到報紙的社會線或政治線去。因此公布配屬到出版局時，人事部的人還到我這裡來說：「不要因為被派到出版局而氣餒喲，遲早總有派到報紙那邊的機會。」我因為一開始就覺得與其去社會線採訪殺人放火的事件，不如在出版局編雜誌，因此剛開始並不明白這人事部的人到底想說什麼。

被派到出版局的四個人，全都很高興被派到出版局。因為不必被派去地方分社，常跑警察局打探消息而感到幸運。不過，這有無跑警察局的經驗，在我的事件發生後，被社內視為重大問題。報社高層判斷我採訪上的失誤，就是因為我沒有跑過警察局，平常沒有和警察打交道的經驗。說白一點，我是一個「沒嚐過跑警察局辛苦的天真記者」。在我的事件之後，報社的年輕記者一定都要被派去跑警察局了。

那天晚上，我和U喝到很晚。很久沒有好像回到學生時代似的感覺，我們談談和工作無關的書和電影的事，相談甚歡。心想如果能離開激進的政治運動採訪，去做本來自己喜歡的次文化工作多好。我以前做過雜誌專題報導，內容是當時剛誕生的東京搖滾喫茶的特集，讓我好懷念。自此才不過三年而已，工作內容卻改變了，出版局裡的氣氛也隨之改變了。

我在U同事家喝到十二點多，已經相當醉了。傷腦筋的是走出他家前面，立刻就有環狀八號道路邊的派出所。帶著和事件有關的臂章，酒醉經過派出所前令我擔心。之前才把K從築地的旅館用車子載到青山T記者家去時的緊張感仍在，對警察還懷有警戒心。感到不安的我，從皮包拿出裝著臂章的包裹，請U幫我保管，拜託他可能的話有一天幫我燒掉。U二話不說地接下，沒問我裡面裝了什麼。我也沒提到當天白天，見過事件主犯K的事。對工作上屬於不同單位的U，在這個階段也不能詳談事情細節。U特地不多問就幫我保管臂章了。

當我知道社會線決定向警察「通報」，而《朝日雜誌》不可能刊登K的採訪報導時，我拜託U說：「上次託你保管的臂章已經不需要了，請幫我燒掉處理掉」。正如前述那樣在這個時間點，因為沒有意識到臂章是重大犯罪證據物件，所以我只是以還算輕鬆的心情託U代為處理。

結果，那臂章的處分卻觸犯了刑法中的「湮滅證據罪」。

警視廳的K刑警，後來打了幾次電話來，我每次都以原則論拒絕見面。

有一天，我大哥打電話來說要見我。原來警視廳的K刑警也到我大哥的工作場所去，希望大哥能說服我。

我大哥是一個普通銀行職員，一個普通市民。所以既吃驚、也擔心，問我到底發生了什麼事，要我告訴他詳細情形。

我見了大哥。大哥比我大五歲，跟當記者的我不同，過著踏實的老百姓生活。結婚了，也有小孩，是個普通的一家之主。所以聽到我的話後，只知道從自己的立場來想，但他說，這種情況還是和警察合作比較好。我說，記者有隱匿消息來源的原則。

大哥說，他知道職業上的道德固然重要，但這次事件的情況，那個政治團體，難道做了值得你非拿出記者的職業道德來保護不可的大事嗎？在大哥看來只是殺人事件而已。

然後大哥看著我的臉，慢慢說：「你知道，死了一個人，一個完全無辜的人被殺了喔。」

我那時被大哥的話嚇了一跳，深深感覺自己太專注主張記者的立場，卻忘記一個普通生活者的立場了。平常工作上周圍全都是和自己相同職業的人，因此只意識到自己是一個「記者」。但是，見到像大哥這樣的普通市民時，才讓我想起自己也是一個「市民」，一個「生活者」。

該以一個「記者」行動好？還是以一個「生活者」及「市民」行動好呢？我開始迷惑了。

只是，我對Ｋ刑警透過我大哥來說服我，這種做法感到不以為然。如果是平常的話，我可能會乖乖聽大哥的話，但這時候，察覺到Ｋ刑警的企圖，就無法坦然順從了。我對大哥說，自己還是一個「記者」，所以不想把採訪得知的事實「通報」警察。大哥說，既然我這樣堅持信念的話，就只能這樣做了，除此之外並沒有再勉強說服我。大哥最後說：「那個事件，我總覺得是個很討厭的事件。就算理念不同，但安田講堂事件、越南反戰運動、三里塚的農民反對機場建設事件，都沒有討厭的感覺。但這次的事件卻總是有討厭的感覺。」我忘不了那「討厭的感覺」的說法，因為我自己也稍微有一點這種感覺。

那是因為K那夥人所高唱的「革命」口號，和把一個沒有任何罪過的無辜自衛官殺掉這「殺人」的落差實在太大，帶來了不快感。因為「革命」的夢想和「殺人」的現實實在太遙遠，帶來了難以抹滅的不愉快。

採訪全共鬥運動和越南反戰運動的記者可能沒有這種「討厭的感覺」吧，因為那裡既有「正義」也有「清白」。

然而這個事件，卻沒有這種「正義」和「清白」。雖說是思想犯發起的政治活動，卻是個實體不明的組織所發起的，思想主旨也不清楚。K連一個所謂無政府主義者都算不上，他只是一個對生活環境、學歷等各方面感到自卑的男人，想在新左翼運動中做出一件什麼聳人聽聞的大事件來出名，令人感覺這種個人背景大有來頭。在某一點上這與其說是政治性事件，不如說是文學性事件更恰當。

我一方面把「記者的道德」這原則看得很重，另一方面不可否認「討厭的感覺」也在心中逐漸蔓延。

從那時候起我的精神開始受不了，會一連幾天都做討厭的夢，半夜大聲叫著醒來。夜裡常常有電話響，拿起聽筒對方什麼都不說就掛斷，不知道是哪裡打來的。

十月初，三里塚發生了一件和機場建設反對運動大有關係的農家青年上吊自殺的衝擊性事件。一個叫三宮文男的二十二歲青年。喜歡賽門與葛芬科（Simon & Grafunkel）的〈拳擊手〉（The Boxer）的青年。遺書中寫道：「我恨機場要搬到這塊土地上來……我已經失去繼續鬥爭的力氣了。」我感覺心像絞緊了似的，那些最奮勇戰鬥的人受的傷也最深。〈拳擊手〉中的歌詞：「我真是悲哀的少年……當我離開故鄉和家人時，還是個混在陌生人中的孩子，在車站的安靜中我很害怕。」青年或許從看著〈拳擊手〉的歌詞中找到最後的安慰吧。

我自己也常常快「失去力氣」了，但還是不得不做《朝日雜誌》的工作。五月人事異動後體質弱化的《朝日雜誌》，入社第三年的我不得不比別人更賣力工作。只是不用做政治採訪，能做其他工作讓我感覺比較愉快。我對外邀稿，當時見到還是廣播作家的井上Hisashi和年輕的吉岡忍時，就可以暫時忘記事件。我和井上Hisashi一起去看《男人真命苦》，和嵐山光三郎一起去見安藤昇的工作相當愉快。真希望以後能一直都像這樣，做非政治性的工作，可是介入事件這麼深，已經不可能了。

警察拚命地搜查事件，K遲早總會被逮捕。到時候K到底會不會把我事先看過K的犯行準備的事、採訪時把臂章託給我的事、我付了採訪謝禮的事，全對警察說出來。我並沒對警察說他的事，沒有「通報」。我守住那「信義」，他應該也不會把我的事說出來才對吧。如果K說出我的名字，我的立場將變得極端惡化。我做了相當於協助逃走、藏匿證據的行為。何況我又不跟警察合作，警察對我印象壞極了，已經不可能毫髮無傷地全身而退了吧。

十一月十六日，K在埼玉縣被警察逮捕。

被捕的K立刻把我的名字供出來，這件事我是從採訪這個事件的埼玉支局的M記者聽來的。M記者是大我一年的前輩，大學也相同。入社當時我受到M記者照顧很多。他給過我工作上的建議，是報社中可以信賴的前輩。

M記者擔心我的事，特別到東京來告知我K的供述狀況。

K被逮捕後立刻說出我的名字，還把我在事發前在世田谷公寓把犯行準備的狀況拍成照片、把臂章拿去保管這些全都告訴警察，M記者這樣告訴我。

在那個時間點，我不得不覺悟，自己遲早也可能會被逮捕。這年秋天，其他激進派所引發的炸彈事件、土田邸爆炸事件，又導致一個人喪生，警察對激進派的對應加強了。雖說是記者，可能也無法再置身於安全地帶。

就算這樣，K到底是個什麼樣的男人？我這邊冒著自己的風險還堅守「記者的道德」這原則，不向警察「通報」K的事。既沒說出他的名字，也沒提供照片。我這邊守住「信義」了。

然而當事人的K那邊呢？他卻把我的事對警察說出來了，沒有任何

「信義」可言。如果要說去相信K這樣一個來歷不明的男人是我自己判斷太天真，我也無話可說，但我聽到M記者的情報之後，內心感到一片空虛。

到底這兩個月來，自己為什麼一直和社會新聞部、警察對抗呢？所謂「記者的道德」這原則，到底一直在保護什麼呢？該保護的採訪對象一遭逮捕，就把採訪記者的事全抖出來的話，所謂「隱匿消息來源」到底有什麼意義呢？

確實，自己守住了身為記者的職業道德，但那結果難道只是我的自我滿足而已嗎？

代價未免太大了。我把社會新聞部和警察完全當成敵人了。何止這樣而已，在發生了土田邸事件的這個時間點，輿論應該已經不容許「袒護激進派的記者」，而改採取批判態度了。

聽了M記者的話那天，我的心情幾乎已經絕望。到底有必要這樣保護K嗎？那個事件值得我去守住「記者的道德」嗎？結果還是社會新聞部和T記者的判斷才正確嗎？

那一陣子，「朝霞事件好像跟朝日的記者有關係」的流言已經在記者圈傳開了，情勢愈變愈壞。

那時候我一個人面對問題太難受了，就向出版局的大前輩Y．N全盤托出實情，同時請教他該怎麼辦。他在五月的人事大調動時被調離週刊雜誌現場，因此也無從幫忙的樣子。

埼玉支局的M記者調查的結果，K在自供中，據說把我說成是組織的夥伴。組織的高層有瀧田修，K是奉瀧田的命令發起事件的，K開始編起這樣的故事，說我是負責瀧田和K之間聯絡人的角色。

遵守「記者的道德」袒護K的結果就是這樣嗎？我終於知道自己沒有看人的眼光，對K看走眼了。

K可能在被捕之後知道事情重大，為了減輕自己的罪，於是捏造出被瀧田和我煽動之下闖進事件中的故事來，K顯然不是一個擁有堅定信念的左翼活動家。

我對K的評價在這裡又再逆轉了。剛開始他用「京濱安保共鬥」的名義接近《週刊朝日》編輯部，知道那是謊言之後我不再信任他，後來他活動家的身分言行都陸續出現可疑點。記者圈之間，或我常採訪的全共鬥的活動家或政治派系的活動家之間，誰都不承認他是個活動家。我對他的信賴度幾乎降到零時，他犯下朝霞事件。我因此想：「啊，這傢伙原來還真是個活動家。」不得不改變對K的評價，不得不把他視為思想犯。

但逮捕後所傳過來他的供述，為了減輕自己的責任說了更多謊言，他想捏造自己只是在瀧田修下面行動的故事。

話雖如此，但事情既然已經演變到這個地步，我也不想說，都是K的不對，因為我自己在那個時間點至少是信賴K的，覺得他「很可憐」。

而且提到事件的細節，我的介入也是無法否認的事實。我在事前到世田谷的藏匿處，為他們準備階段的凶器和傳單拍下照片。用公司的車子載他也付給他採訪費，最後幫他保管臂章。知道K的採訪無法寫成報導後，還託U同事把臂章燒掉處分。從刑法上來看，我的行為幾乎是「污黑」的，什麼時候會被逮捕都不奇怪。

尤其K被捕後，臂章的問題開始被放大。以前我只想到臂章是「證明採訪是正確的東西」，但到現在那突然帶有「證明K犯罪的物證」的意義。因為在搜查過程中，雖然有K的自供，但能證明犯罪行為的證據除了這個之外，沒發現別的物品。臂章並不是證據之一，而是唯一的證據。

這意義重大的證據物件卻被我燒掉處分了，顯然該當犯了刑法上的「湮滅證據罪」。

從十月開始到十一月，炎熱的夏天早已結束，不久寒冬即將來臨。我覺悟到會被逮捕，慢慢開始整理身邊的東西。把採訪K的筆記、臂章照片託給親近的朋友。

我對介入這個事件的事只告訴極親近的記者。尤其是燒掉臂章的事只對極少數人說過，對上司K總編輯和I主編都沒有報告。因為和社會線的對立，結果，自從對K的採訪無法做成《朝日雜誌》的報導後，我和K總編輯和I主編除了日常的、最低限度必要的之外，也變得沒話說了，已經沒有深入事件內容的談話氣氛了。

十二月的寒冷夜晚，我深夜到一個曾經詳細吐實的親密前輩記者家，想找他商量今後自己該怎麼辦。我動搖了，雖說已經覺悟會被逮捕，但心情上也希望能避免最惡劣的情況，事到如今我想對警察權力妥協。
氣餒的我，對他說：
「我想把物證的臂章照片提供給警察。」
那時他表情嚴肅地說：
「你這樣做的話，就會和到現在為止你所批判的社會線一樣了。從那個瞬間開始你就不能再批判社會線，也不能再提『記者的道德』了。你到現在為止為了什麼而努力，保護『隱匿消息來源』原則的呢？」
他的表情真的很嚴肅。對我「想協助警察」的軟弱說法，我內心期待他可能會說「到這個階段沒辦法只好這樣了」，我希望這樣能避免逮捕這最惡劣的事態。
前輩記者的他，卻劈頭就批判我的軟弱，讓我重新想起「記者的道德」的重要性。
雖然如此我的心情還是很沉重。
那麼難道只能等著被捕了嗎？當然以前也有幾位為了守住「記者的道德」而寧願被逮捕的新聞記者。那是所謂「名譽的逮捕」，他們是和事件同歸於盡的。

「跟K嗎……如果可能還是想跟山本義隆或秋田明大同歸於盡啊！」

我只能自嘲地這樣嘀咕。

我自己，身為一個記者，還有，身為一個相同世代的人，對全共鬥運動共鳴的地方很多。那時候安田講堂事件的衝擊還持續存在。所以我只想跟山本義隆和秋田明大這種全共鬥運動的最美好同歸於盡。如果是為了他們而被逮捕的話，我想那才叫「名譽的逮捕」。

但是K……而且是朝霞事件……就像我大哥說的那樣，有令人「討厭的感覺」。

「跟K同歸於盡嗎？」想到這裡老實說心情變得很沉重。但，那樣說的話結果會變成所謂「K和山本義隆『不能相提並論』」和社會線的意見一樣了。我已經變成連「不想跟K同歸於盡」都不能想了。在新左翼運動整體退潮期，我明明知道無望卻也不得不去打這一場，可能是最惡劣的敗仗之一了吧。

到目前為止在新左翼運動的過程中，也一直有好幾個學生和勞動者被逮捕或受傷。他們的受傷，記者是在旁邊一直親眼目睹過來的，那現在終於波及記者自己身上來了，我想。所以我也不能為這件事叫屈示弱了。

那時候吉本隆明寫了批判學者們的以下文章，我很認同。

「當學者哭訴學問的自由被剝奪了時，最好先知道在那更久以前，生活者的自由被剝奪了，只是沒出聲而已。」（《戰後思想的荒廢》）

如果把這文章的「學者」換成「記者」的話，我想我已經無法「哭訴」了。

走出那位熟識的記者家，夜已深，我遲早可能也要跟他告別了。

一九七一年即將結束，逮捕已經迫在眉睫。

SIDE B

逮捕和解雇

一邊讀著自己被逮捕的報導一邊吃早餐，有點像黑色幽默世界所發生的事，報導中的自己感覺完全像別人。

一九七二年一月九日，我被埼玉縣警察逮捕，因「湮滅證據」的嫌疑。前一天的八日，某報紙已經刊登出對《朝日雜誌》記者發出逮捕狀的報導了。

八日早晨，我簡單向母親說明事情之後就去了公司。對母親只能低頭說，讓您擔心了，對不起。

在公司我和兩個已經吐露實情的前輩商量對策，但三個人到了這個階段已經說不出話來，只能一直保持沉默，忍著讓時間過去。「記者應該不會真的被逮捕吧？」我心中確實有過這種天真的想法，因此對狀況的進展變得無法因應了。

但入秋以來，有過什麼對策嗎？對K採訪過了，但那報導最後卻沒辦法刊登，從此以後事態一一惡化下去。最後階段，曾經考慮過把證據臂章的相片交給警察當「交易」，但那樣做的話，自己再也不能開口主張「隱匿消息來源」的記者道德了。而且我想警察在這個階段，已經不在乎「提出臂章」而偏向於要求「逮捕介入朝霞事件的記者」了。

我剩下的唯一選擇是「被逮捕的時間點，要立刻承認嫌疑事實」或

「堅決否認」。其實在這之間，我也一直在找並非我直屬上司的出版局可信賴的大前輩商量，但當時這個人已經被調離要職，無法直接給我指示。只能在我去找他「商討意見」時，站在純粹前輩的立場給我意見而已。在最後階段，我不知道該怎麼辦才好，以求救的心情找這位大前輩Y・N商量。

雖說商量，但這一天我已經無法直接跟他見面，社內已經不是那種氣氛了。於是我拜託一個我一直坦白告知事情經過的前輩記者，請那位大前輩指點我是該「立刻承認嫌疑事實」或「堅決否認」。我在出版局的小會議室裡，和另一位前輩N記者，等那「回覆」大概等了一小時左右，在那之間我和N記者都一直保持沉默。離K第一次主動聯繫《週刊朝日》將近一年。在這一年裡，我和N記者都和K繼續做過各種形式的「往來」。結果，終於演變成我遭逮捕的情況，這才領教到要採訪新左翼中的異端份子有多困難。

經過一小時左右，另一位前輩記者聽過大前輩的意見回來了，那意見是「把一切當虛構的來想」，也就是說「否認嫌疑的事實比較好」。我在學生時代，只參加過反越戰示威遊行的程度，並沒有深入過學生運動或被逮捕過。因此逮捕之後到調查之間到底能不能繼續否認，並不確定。但為了保護自己清白之身，除了「否認」之外別無選擇餘地。不，這變成結果論了，其實在被逮捕的時間點，或許坦然承認嫌疑事實會比較好。只是我在這個階段如果承認的話，我懷疑可能不被當成「記者」而被當成「K的同志」，甚至「同謀」等更重的罪被逮捕，令我非常恐懼。為了避免如此惡化我只能否認嫌疑事實了。

那一夜，我和Y出版局長兩個人住在都內的某飯店。第二天早晨，局長帶我到埼玉縣草加警察署投案，在那裡被逮捕。

局長和我同住在一個房間。

在這個階段已經沒什麼話可說了，彼此都盡量談一些日常的話題而已。局長既沒多問我實情，我也沒對局長提到K把臂章託我保管的事，以及我把那託給同事U，請他代為處分的事等，這時間點最關鍵的事。換句話說我並沒有對局長坦白說出事情。在這個時間點我沒辦法坦白說出事・・・・・・

情。為什麼整個晚上，住在同一間房間，我卻不能把最重要的事對局長說呢？為什麼能對前輩記者們坦白說出的事，卻無法對直屬上司的Y局長說呢？我只能說是當場的氣氛造成這種非理性的結果。

是因為八月我採訪了K，想把那報導在《朝日雜誌》上時，局長沒有給我任何指示。社會線和我對立時，局長也沒有支持我。因此我和局長有了芥蒂所以無法坦白說出事實嗎？絕對不是這樣。也不是因為已經覺悟要「把一切當虛構的來想」了。

並不是這樣，而是自己被「逮捕記者」這樣的異常狀況所壓倒，失去冷靜思考對策的心情。我被異樣的狀況吞沒了，我想Y局長也一樣吧。如果他還冷靜的話，就算徹夜也要在飯店的房間裡，聽取我對事件的詳情報告吧。我想他沒這樣做，既不是因為他信任我，也不是相反，因為想迴避身為上司的責任。或許局長也和我一樣，是被「逮捕記者」這異常的，說得誇張一點，是被一種極限的狀況所吞沒了吧。

結果，那天晚上，局長和我都沒聊到任何重要的事就睡了。

一九七二年一月九日，一大早起床的局長和我在飯店用過早餐。打開餐廳裡當天的報紙一看，社會版刊登了〈今日逮捕《朝日雜誌》記者〉的報導。一邊讀著自己被逮捕的報導一邊吃早餐，有點像黑色幽默世界所發生的事，報導中的自己感覺完全像別人。只有這時候因為碰到太異樣的事了，我反而覺得自己很冷靜。簡直像別人的事那樣，我讀著自己被逮捕的報導，瀏覽著自己的照片。

局長和我坐車往埼玉的草加警察署，因為是清晨路上還很空。在車子裡局長和我也沒說什麼正經的話，刻意冷靜地談日常的、無關緊要的內容。

到了草加警察署之後，我立刻被帶到調查室去。一個身材高大，非常幹練的刑警，一副「摩拳擦掌嚴陣以待」的模樣立刻展開調查。一開始從姓名、地址、年齡、略歷問起，然後慢慢進入事件。那天一整天，調查持續到傍晚時分。雖然如此還只是事件的開端而已。我想看樣子，可能會拖延到最大拘留天數二十三天。在那之間，面對連日的調查，我能始終堅決「否認」嗎？

到了傍晚，當天的調查結束了。我被銬上手銬用護送車移送到浦和市的警察署，被送進當地的拘留所。以後二十三天，那裡就成為我起居睡覺的地方。

拘留所的單人牢房是半圓形，整排有十間左右。說白一點整排都是有檻欄的牢房，嫌犯被關在那檻欄裡，也就是「豬籠」裡。除了我之外很多是流氓的樣子。一個「牢房老大」似的流氓，透過檻欄跟我說話，他判斷我是「政治犯」後總算對我表示敬意，「辛苦了。」他說。那幽默的用語讓緊張極了的我神經稍微放鬆。

在我隔壁那間牢房的中年男人害羞地自我介紹說，自己是強姦未遂被捕的。「如果好好辦完事才被捕還好，竟然未遂還被捕，太倒楣了吧！」男人不停地發牢騷。我對他們產生了奇怪的友情認同。從這一天開始的二十三天之間，深夜調查完畢回到自己牢房後，只有跟他們天南地北閒聊時，心情才比較平和。當然有些看守人只要我們稍微私下多談時就會破口大罵，不過大多時候還算不太囉嗦。也有人告訴我們，在關島發現日本兵讓全日本都騷動的「人間新聞」。有時我錯覺自己是以記者身分為了寫拘留所的生活經驗而在這裡的，如果保釋之後寫寫這裡的生活……

但現實並沒有這麼輕鬆。從第二天開始，展開連日的訊問調查，從清晨持續到深夜。我愈否認K把警衛臂章託給我的「嫌疑事實」，時間拖得愈長。從早到晚和兩個刑警面對面，一個是第一天調查我的經驗老到似的刑警，另一個是比我年輕的刑警。幾乎都是年長的刑警在問，年輕的刑警在記錄。

跟K往來的經過，什麼時候在哪裡見面，見過幾次，事件後有沒有見面。隨著日子的過去，問題的內容真是愈來愈詳細，讓我感到驚訝。我才知道K在逮捕後把和我的關係對警察說得真詳細。我知道他不光是把事實說出來而已，幾乎還把我說成是他們的夥伴和同志了，這樣一來可能不是「協助逃走」或「湮滅證據」就能了事。瀧田修已經以「強盜致死嫌疑」被發出逮捕狀，我可能也會被扣上比「湮滅證據」更重的教唆殺人嫌疑也不一定。K可能說是「被我教唆的」，對我印象惡劣的警察可能會把「湮滅證據」換成教唆殺人也不一定。老實說我最怕那樣，如果變成那樣的話，不但我的記者生涯從此結束，連我自己的人生也會一塌糊塗完全毀掉。

要如何避免，該怎麼辦才好？是像當初所想的那樣繼續「否認」嫌疑事實好呢？還是承認「湮滅證據」，讓檢察官和警察對我印象好轉比較好呢？

我必須一個人思考，該怎麼做才好，因為被逮捕之後，已經無法跟誰商量了。不知道外部狀況如何。也完全不知道被調查的前輩記者們到底對刑警和檢察官說了什麼。律師幾天會來「會面」一次，但時間極有限，而且因為是「隔著鐵網」的會面，幾乎沒辦法談重要的事。

逮捕後九天之間，我繼續「否認」嫌疑事實。在這個階段已經與其說是為了守住「記者的道德」，不如說是為了保護自己，我除了「否認」沒有別的辦法。我只能採取大前輩Y・N最後對我間接說的「把一切當虛構的來想」的方法。到目前為止一直繼續和警察對立，已經無法推翻自己的說法了。在那之間，負責調查的人從刑警換成檢察官。清晨在牢房裡吃過粗糙的早餐後，立刻上車被帶到埼玉地檢署去。在那裡接受姓N的檢察官調查到晚上八、九點。因為緊張的關係，一天結束後總是精疲力盡。「牢房老大」流氓對這樣的我說：「你這樣還算是好的喔！有調查表示可以在那裡抽菸，可以讓你吃到豬排之類好吃的東西。像我就一直被丟在這裡不管了，所以每天每天都無聊得不得了。」我很驚訝居然他會有這種想法。

在地檢署偶然遇到不知道是川口還是浦合地方的幾個脫衣舞孃，令我難忘，她們以猥褻嫌疑被逮捕拘留。有一天，在走廊等候審問調查時，跟她們並排坐在椅子上。其中有一個盯著我的臉看，然後難以開口似地說：「我知道你喔，上次報紙上登得好大呢，加油！」不知道為什麼聽了她的話，我非常高興。

說到調查，其實也是人與人的溝通，其中自然也會出現默契磨合的情況。最初調查我的刑警只有令我反感而已，但姓N的檢察官卻態度溫和，確實從各方面來看都是個「容易傾訴的人」。決心要「否認」的嫌疑者對調查的檢察官擁有「容易傾訴」的印象，試想起來也很奇怪，但不可否認確實有這種印象。

看到脫衣舞孃跟我打氣後，這位檢察官對我說了這樣的話：「看裸體的客人沒被逮捕，不得不被看裸體的脫衣舞孃卻要被逮捕，這種事很奇怪吧？每次調查她們，我都覺得很矛盾呢！」

我可能是從這句話以後感覺到他「容易傾訴」的。

不過N檢察官在態度柔軟之外，正相反地調查卻很嚴。對繼續「否認」的我，笑咪咪地恫嚇道：「我們並沒有放棄懷疑你是K的同夥喔！」「那些刑警之中，也有人認為你是『赤衛軍』中負責宣傳的人。你一直否認事實，可能因此確信你是嫌犯。」

N檢察官又說：「在你被捕的同時，你在朝日社內的書桌和N記者的書桌都被搜索過了。你再繼續否認的話，我們的住宅搜索範圍可能會更擴大喔。」

於是，在被逮捕的第十天晚上，我在地檢署的調查室裡對N檢察官承認了嫌疑事實。我輸了。我承認K託我保管事件證據物件臂章的事，把那託給了同事U，後來再託U燒掉……全部嫌疑事實都承認了。

我輸給了檢察官笑咪咪的軟性恫嚇，拘留第十天肉體上和精神上都疲倦極了。

N檢察官擅長於理論性的追究：「比較過K和你的供述之後，一百個事實中有九十九個都一致。然而只有臂章的事不一致。K說交給你了，你說沒收到。一百個事實中只有一個供述兩個人有出入。那麼一定有哪一邊說謊。是哪一邊說謊呢？是你的想法比較自然吧？因為說謊而能保護的利益你這邊要大得多了。」

這種理論性進攻方法，「雖是敵人」但真有說服力。

「把一切當虛構的來想」我終究辦不到。這樣一來「湮滅證據罪」就成立了。只有這個罪就結束了嗎？或者他們還會「乘勝追擊」呢？會不會判斷「因為把證據物件燒掉，所以那傢伙應該是『赤衛軍』的成員」，繼續追究新的罪名？

想到和朝日新聞社的關係心情就更沉重。我沒有對直屬上司Y出版局長坦白告知事實。以公司職員來說，是犯了重大錯誤，公司當然會懲戒我，把我革職吧！我把跟和這事件沒有直接關係的U的本名說出來，也背叛了他的信賴。想到這裡也真難過，我如果說是自己把臂章燒掉的就好了，但這樣又不得不製造另一個虛構故事。檢察官可能又會追究在哪裡燒的。如果謊言又被拆穿的話印象又會重新打壞。不過那總是我的說詞而已，我還是不該把同事的名字說出來。這件事成為我的心理負擔，對U抱歉的心情一直沉重地留著。

夜深了，我又被車子載回拘留所，開車的年輕刑警聽著車上的收音機。收音機播著當時的流行曲，天地真理的歌〈連再見都說不出〉。

第二天，律師來跟我「會面」。他通知我，昨天晚上我承認處分臂章的事之後，朝日新聞社立刻將我免職懲戒了。我沒話可說，陷入一種虛脫狀態。雖然如此拘留時間還剩下十天以上，對於從現在起即將開始的新調查，不得不採取新的對應了。

律師回去之後，接著刑警的訊問又開始了。他一開口就說「都因為我的德行不夠」。剛開始我還不懂什麼意思，後來才知道，我對刑警繼續「否認」，卻對檢察官承認嫌疑事實，讓他覺得很沒面子。換句話說因為刑警沒有能夠讓我「吐真話」（承認嫌疑事實），因此「功績」被檢察官搶走了，覺得很不甘心。知道原來權力內部，檢察官和刑警之間也有競爭意識，真是有趣。

從那一天起，刑警和檢察官的調查交互展開。傍晚之前N檢察官在地檢署調查，有些日子的晚上還有刑警的調查。

自從我承認處分過臂章之後，調查內容逐漸問及我和瀧田和K的關係。因為「湮滅證據」成立，所以我擔心他們可能在考慮進一步的事，我始終為這種恐懼而煩惱。我沒忘記N檢察官經常笑咪咪地說：「我們內部還有人主張你是為了避免更重的罪，才故意承認『湮滅證據』這種輕罪的。」我覺悟到為了迴避更不利的情況，只能把知道的事實都說出來，我已經討厭「虛構的故事」了。而且判斷為了證明我不是赤衛軍的成員，最好把和K和瀧田到目前為止的關係說出來。

只是把和瀧田的關係向警察和檢察官說出來的話，嚴格來說這也成為和「隱匿消息來源」原則相關的重要問題。我和瀧田的關係只不過是採訪記者和被採訪者而已。在這裡向警察或檢察官說出我所知道的瀧田的情報，等於失去記者資格了。

事實上，因為這件事，後來我被幾個記者強烈批判。「川本被逮捕後變軟弱了」「被逮捕後就跟警察合作了」……但在這個階段我保護自己都來不及了。老實說，自己是可憐的。但我不想再受更大的傷害。如果這要被說成惡劣、天真、狡猾，我也沒話可反駁。

我把和瀧田的關係對N檢察官說了，把「採訪上所得知的情報」向他們公開了。這樣一來他們對我的印象有沒有改善？光是「湮滅證據」對他們所期望的目的是否能滿足？或者單純從事實關係來看，要考慮更重的罪是有困難嗎？這我並不知道，但他們決定只起訴「湮滅證據」罪就結束，沒有「接下來」，我鬆了一口氣。但，心情並沒有開朗起來。我為了保護自己結果還是把「採訪所得知的情報」向當權者公開了……最後的最後，向權力妥協了，屈服了，拋棄了身為記者的道德。我以後可能再也無法批評社會線的T記者了，再也無法抬頭挺胸地說自己是記者了……

二十三天間的拘留之後，我從拘留所被保釋出來。那一天，和在這裡一起度過好幾天的「牢房夥伴」告別。從我到這裡之前就已經進來的還有兩個人沒被保釋。一個是因為「付不出保釋金」而一直被拘留的竊盜犯。

另一個是「牢房老大」般的川口地方的流氓，我向他低頭說「謝謝你的照顧」時，他笑著說「到川口要到我組裡來找我啊！」

在沒有任何好事的拘留所的生活中，只有這位流氓留下愉快的回憶。有一天晚上，跟他半夜一起開心地玩過「釣魚」。

所謂「釣魚」是這麼一回事——被拘留了好幾天的他不管怎樣就是很想抽菸。有一天，「牢房夥伴」在調查時摸來一根香菸，瞞過看守人的眼光交給了他，是一根貴重的香菸。問題是沒有火，牢房裡當然沒有火柴。正好是冬天，因此拘留所裡扇形排列的牢房，正好相當於中心點的地方有一臺暖爐。那是目標。瞄準看守人半夜開始昏昏沉沉打起瞌睡時偷暖爐的火，但牢房內和暖爐有大約三公尺的距離，該怎麼辦？

所以就開始「釣魚」了。說到「釣竿」是川口的流氓悄悄撕下雜誌（牢房裡准許讀舊雜誌）的紙，細心捲起來做成筒狀，細長的紙筒，把那悄悄地從牢房伸出到暖爐的火。

有一天晚上，他看到看守人睡熟了，趁機悄悄開始把「釣竿」往暖爐伸出去。那天，他們悄悄暗示我半夜要「釣魚」，我們都屏住氣息注視著他「釣魚」。而他真的成功地把香菸點上火吐著煙時，我們都不出聲地為他鼓掌。

保釋那天，我向他打招呼後走出拘留所。隔了二十三天後出來呼吸到外面的空氣時，畢竟鬆了一口氣。幾個朋友來到浦和市迎接我，也有朝日的同事們，當時才剛剛出道的報導文學作家朋友吉岡忍君也來了。看到他們的臉很開心，但同時也很難過，因為我在很多意義上是輸的。沒辦法繼續「否認」，把U的名字說出去，並把和瀧田有關的「採訪得知的情報」也向警察透露了。就算被保釋，心情還是很沉重。那是二月的寒冷時節，即使安靜不動背都會弓起來。

保釋後新問題出現了。首先審判該如何鬥下去？其次對受到免職懲戒處分的朝日新聞社該如何鬥下去？

先從結論來說，這兩種我都不想「鬥」了。我已經討厭再「鬥」。如果可能真想離開東京，到京都的親戚家去暫時安靜一陣子。

幾個朋友，和幾個關心這事件的外部革新派記者主張「應該堅決在審判時跟權力鬥，這是記者的義務」「對朝日新聞社也該以不當解雇鬥下去」。朝日的同事中也有幾個這樣說。有人怒斥「不能氣餒啊」，他們的善意我很感謝，但我已經沒有力氣再「鬥」了。

覺得輸了之後，已經沒辦法挺起胸膛再「鬥」了。對U也有過意不去的感覺。不只U，我還給很多人帶來麻煩。有人只為了跟我喝過酒就被調查，我跟瀧田正好去喝酒的店老闆也被調查。想到這些事時，我也無法再「鬥」了。而且老實說，從跟K往來將近一年來，所發生的一連串事件已經使我身心都疲憊不堪。從八月的朝霞事件以來，我心情上沒有一天能休息。現在只想「安靜」休息，已經沒心情再「理會事情」了。

所以我對支持我的人說，我不想做審判鬥爭，也不想對朝日新聞社提出處分告訴。因此而被批評「軟弱」及「全面投降」。有人甚至說「一定是被朝日新聞的高層說服了。可能有某種『密約』才不鬥的」。

愈聽到這種聲音我愈退縮，漸漸變得討厭跟人見面了。為了逃避很多事情，我每天走在東京陌生的地方。穿梭在墨東或江東的後街小巷，像逃避般到偏僻的電影院連續看著美國的B級片。

然後保釋後大約經過兩星期，發生了一件決定性的事件。

連合赤軍事件。

這個在淺間山莊展開激烈槍戰的事件，帶頭的幾個人終於被逮捕後，才揭曉組織內部曾經發生過慘烈的「總括」整肅而殺人，最後遺體在群馬縣山中陸續被發現。或許在這個時代，以全共鬥運動為始的新左翼運動，無論曾經擁有過任何形式關聯的人，無不為這事件而深受衝擊。這是「團結」和「變革」等夢想的悽慘結束。自己所夢想的東西，化為泥濘完全崩潰解體。而且對那個（或許）誰都沒辦法批判。只能默默、呆呆地，眼看著自己所做的夢，想相信的語言，一一死去而已。只能保持沉默，誰都不知道從此以後是否哪一天還能再生。

隨著從山中陸續發現遺體之後，我已經失去翻開報紙的力氣，也不想再看電視新聞了。

也不喜歡跟人談論任何事件發生的事，自己的事件和聯合赤軍等，一切我都想拋在腦後，敗北的慘痛教訓太深。我再也不想「鬥」了。我想如果哪一天我還能「鬥」的話，那絕對已經不是現在這種形式的「鬥」。

我決定接受朝日新聞社的懲戒免職處分，確定由Y出版局長正式發給我處分文件。那雖然只是單純的手續上的儀式，但為了整理心情，我想還是要接受這個儀式。只是真的沒力氣再走進那棟報社大樓了，我走進報社對面「新東京」公司大樓旁的喫茶店，從那裡打電話請Y局長出來。

我在喫茶店從Y局長接過「懲戒免職」文件，局長和我都沒聊到什麼像樣的話。儀式結束後，局長走過人行步道回報社去。我透過喫茶店的玻璃窗目送著他的背影，前方只有一百公尺左右的報社大樓看起來好像遠多了。

那年九月二十七日，我在浦和地方法院被判十個月徒刑，緩刑兩年。我沒有上訴。

那段時期支持我精神的，是詩人清岡卓行〈藍天〉的詩。

被迫真的準備戰鬥的弱者

無法相信任何親密的伙伴
在出乎意料之外分手的街　忽然擁抱
悲哀而冰冷的心之泉般。

無限透明的遙遠的藍。
但　只有從那裡滲出來的溫柔
能支持今天的我無夢的痛。

作者後記

開始寫文章的生活已經十五年了，在這之間，我所用的主語「我」，經常不是「僕」而是「私」。剛開始是無意識地這樣做的，但從途中開始卻刻意用「私」了。「私」和「僕」感覺好像不太有區別，但對我來說，卻不知道為什麼覺得「僕」是我不能用的字眼。這件事現在也很難說明。如果要勉強說的話，或許我是用「私」來禁止、抑制浮躁的心情，輕率的心情。使用「僕」的話，語感會高調而變圓滑，若刻意用低調的「私」則給自己套上枷鎖，讓自己受到拘束。表現者通常會想讓自己自由，我卻相反。話雖這麼說，但絕不是想嚐試做什麼誇張的文章風格上的改變。只是我一直認為我只能用「私」，否則沒辦法表現自己。

一九七二年一月，當時身為《朝日雜誌》記者的我，前一年夏天採訪了朝霞自衛官刺殺事件，由於在那過程中所引發的「湮滅證據」行為而遭埼玉縣警逮捕，並在承認嫌疑事實的階段，被朝日新聞社免職。當時我正值二十七歲。

這件事情後來，長久之間沉重地壓在我的生活、文章表現、性格，甚至對人的態度上。就算我在寫電影、文學、或漫畫的各種評論時，最後都會想到七二年所發生的事情，於是文字開始滯礙不順、絆倒跌跤。憂慮沉在內心深處，心情無法釋然。就算跟人交往談話時，也無法真正坦然地相互交心。如果客觀說，我可能也得了憂鬱症。

我幾次想辦法擺脫那樣的狀態，試著把七二年所發生的事化為語言。藉著化為語言，把那件事從我身上剝除。但試了幾次都沒能做好，愈是那樣我只能愈把自己關閉在「私」裡面。

但，大約從三年前開始，我漸漸可以把七二年發生的事，隔一段距離看待。就算寫「私」，終究也只不過是作品中的一個出場人物而已，我可以冷靜地面對了。我想我還是被時間的力量解救了。從那時候開始，七〇年當時還是小學生和中學生的年輕朋友增加了，跟他們講話時不知不覺間鬱悶解除了，話可以自然流暢地說出來了，不再設防、不再退縮。我想現在應該可以寫了，我想為了讓自己重生，必須把不想回憶的那些事，想忘記的那些人們，正確地化為語言，或賦與語言，才能從事件的沉重中逃離出來。

我的事件，從新聞界的歷史來看，應該可以視為六〇年代後半，以大學為核心所產生的新左翼運動，被權力鎮壓下去的過程中，所發生的權力介入新聞界的事。只是我（私）無法把七二年發生的事，只那樣客觀地述說。我想更拉近我個人這邊，以回憶錄的方式書寫，我想把一個極為政治性的事件用心情來掌握。因為所謂事件經常發生在個人身上時，都是順著那個人的內在感情所發生的。

不過無論多麼個人化，那事件已經帶有社會性了。如果是戀愛或親人的死，可以個人性地描寫，但七二年所發生的事，光強調個人特質卻無法處理。個人性和社會性兩種方向該如何掌握才好，我一面思考一面寫下去。

那個時代，對新左翼運動產生共鳴的企業內部記者，採訪被稱為激進突出政治組織的行動，是怎麼一回事？

以社會性這點來說，我只希望光讀到那件事的人能想一想。我並不是想批判把我免職的朝日新聞社，或批判和事件有關的記者。我只是想思考對記者來說，道德是什麼？這問題的原點。

在一連串發生的事情中，我總是想努力保護消息來源的隱密這所謂記者的道德。但事實的發展在錯綜複雜之間，我逐漸被從那基本問題剝離，最後被迫面對「湮滅證據」罪，我從一個「記者」變成「犯罪者」。事實的態勢改變時，意義也隨之改變。記者的道德，還不如臂章有沒有燒掉的事實更重要。在採訪新左翼運動時，記者的道德，這原點的議論被遺忘了，一切都歸究到我性格上的軟弱和身為記者的不成熟這個人的問題上，想到這裡我到現在都還無法壓抑懊惱的心情。

雖然如此，我也無法把自己描寫成像犧牲者一樣，因為我被逮捕之後，在權力面前把朋友的名字供出口了，當下我無法一個人對抗權力。我可能不得不明確地負起那件事的責任，也許不能拿「因為太累」、「因為已經沒力氣再鬥下去」當藉口。我無論如何都無法用「僕」這純真無邪的主語，就因為有這「虧欠」的緣故。

不過我是這樣想的。例如我非常喜歡The Band樂團的歌曲名叫〈The

Weight〉，尤其是副歌重複的地方「卸下你的包袱，讓你自由；卸下你的包袱，放在我身上」，我想這歌詞如果繼續反覆下去的話，有一天沉重的包袱可能就會消失。那時候我或許就不再以「私」而能以「僕」這主語輕鬆地寫文章了。如果借用法國聖女哲學家西蒙妮・韋伊（Simone Weil）的用語，「無論苦惱的叫聲多麼美麗，都不能希望再度聽到。希望苦惱能解除才更符合人性。」我也希望「苦惱能解除」。

我讀過一九四〇年生（比我大四歲）的美國女作家芭比・安・梅森（Bobbie Ann Mason）的《In Country》，經歷過六〇年代的母親，對著透過崇拜披頭四和門樂團那熱情六〇年代的十七歲莎姆說：「（六〇年代）並不是個好時代喲，莎姆。我並不覺得是好時代。」

確實對我（們）來說，那個時代並「不是好時代」。有死，有無數的敗北。但那個時代是無可替代的「我們的時代」。不是自我中心主義（me-ism），而是我們主義（we-ism）的時代，任何人都試著為別人設想。把越南被殺的孩子們想成像自己的事，對戰爭試著表達抗議的意志，試圖否定被編入體制內的自己。我只想把這件事珍惜地留在記憶中。

而且那個時代還有滾石、清水樂團、《我倆沒有明天》、《逍遙騎士》……雖說「不是好時代」，但聽到清水樂團的〈誰能讓雨停〉時，到現在心都還會熱起來，光是這點我就想認定「是個好時代」。「不是好時代」和「是個好時代」，可能是被這兩極撕裂著才有現在的我（們）。芭比・安・梅森的《In Country》中，有對當時搖滾的絕妙定義，「所謂搖滾是把悲哀的事歡樂地唱的歌曲」。那個時代或許「歡樂」和「悲哀」這兩極，是同時產生又消失而去的時代。而且坦白說，我到現在還喜歡那個時代。喜歡在那個時代度過青春期的人，所以這本書也等於是對六〇年代遲來的愛情告白……

本書的文章曾發表在《SWITCH》雜誌。能遇到這本雜誌，和兩位年輕編輯——新井敏記先生和角取明子小姐，我覺得真幸福。當初開始連載時，他們和我（或許）都沒想到會變成這樣。我本來只打算把六〇年代所發生的各種事情，輕描淡寫客觀地寫出來而已。但在連載的過程，卻變成無論如何不得不接觸到七二年發生的事了。有一次新井敏記先生和角取明子小姐邀我：「要不要到銀座見面？」我們約在一家小啤酒屋喝啤酒。

我像平常那樣想輕描淡寫地結束話題。但那一夜，兩個人表情認真地對我說：「請把事件寫出來吧！」我很自然地說：「好，我寫。」在那之前自己是緊張謹慎的，但在兩個人面前卻能坦然地說好，我終於能放鬆下來讓自己聽從他們兩人的話去做。The Band 唱著「把沉重的包袱交給我」，我想這裡的「我」就是這兩個人了。

不過一日試著開始寫之後，運筆還是不順。我是在正確地寫著事實嗎？或者只是在自我正當化而已呢？行文滯礙，交稿時間一延再延。被逮捕的地方寫幾次都不行，每次兩個人都在電話上鼓勵我，這樣還是寫不成。有一天晚上，角取小姐來找我，並帶了幾十封讀者的信來給我看，都是對我的連載的回響，那個時代還是小學生的一些年輕人鼓勵我的信。我讀著一封又一封信，不覺掉下淚來。受到莫大鼓舞，第二天，我終於能把稿子完成了。我打電話給角取小姐說：「終於完成了。」雖然已經夜深了，角取小姐還是特地到我家來收稿子，還帶了好幾支比她高的大向日葵花來！

新井敏記先生，角取明子小姐，真的非常感謝。

並衷心感謝非常熱心地重讀文章，給我寶貴建議的河出書房新社的樋口良澄先生和接下美術設計的坂川榮治先生。本書裡寫的雖然是許多不幸的事情，但書的完工卻總覺得非常幸福。

本書的書名是從巴布・狄倫的曲子來的，這曲子裡也曾由伯茲合唱團（The Byrds）、和凱斯・傑瑞特（Keith Jarrett）翻唱過，都各有巧妙。

我喜歡這歌曲反覆唱著的歌詞：「我彼時是那樣蒼老，如今我卻更年輕了。」寫完本書的現在，覺得好像並沒有把那件事正確寫好，還有一點遺憾。好幾個部分有點猶豫或迷惑，而未能寫得完全貼切。因此覺得幾年過後當能說「如今我卻更年輕了」時，可能不得不再來寫那件事。

一九八八年　十二月

日本新裝版出版記

三個時間

今年七月我已六十六歲了。

已經完全是老人了，這樣的人試著重讀這本書時，感覺好像不是自己寫的般，被不可思議的感受吸引著。從一九六〇年代後半到七〇年代初的二十多歲的自己，感覺好像不是自己似的，已經是那麼遙遠的事了。

這是一九八八年河出書房新社版本的復刊本，已經事隔二十二年了。時間流逝之快，現在也不禁要吃一驚。

在製片根岸洋之先生出力之下改編成電影，是復刊的動機，已經被遺忘的書終於得以重見天日。

當然，感謝的心情很濃烈，但同時，想到年輕時的愚蠢模樣又要現形時，老實說也頗猶豫。

近年來，一九六〇年代那熾熱的政治季節又再度被提起，可能因為安田講堂事件到現在也已經過了四十年以上，無論如何都成為歷史了吧。我的事件發生在一九七二年，所以到現在也將近四十年了。

這是個挫折、敗北的故事，很陰暗。本來想當一個堂堂正正記者的，結果卻沒當成，還做了不光彩的事。

首先要感謝能看上這種書的根岸洋之先生。才四十多歲的根岸洋之先生，一九七二年時當然還是小孩，完全不知道我的事件。他說有一天，他在舊書店買了這本書，才知道我黑暗的過去，有過「前科」，大吃一驚。

確實現在的年輕人不知道我的過去。可能很多工作上往來的年輕編輯，都不太知道當時那個時代的事。這樣倒輕鬆，我從來不會去主動提起當年的事。

導演、編劇決定由山下敦弘先生和向井康介先生擔任，他們向來的作品我都喜歡，是年輕的電影人，但一九七二年當時都還沒出生。這樣年輕的人會如何描寫那個事件呢？

體內有深深的吶喊
嘴巴因此緊閉
體內有永不黎明的
黑夜
眼睛因此睜大

這是谷川俊太郎一篇名叫〈體內〉詩中的一節，每當回顧那事件時，經常都會在這詩句打住。

有一個人死掉了，而且我曾經站在可能阻止的立場，但若為了要阻止，我必須去報警。不用說，如果是普通事件的話，我會毫不猶豫地去報警。只是，「那個男人」雖然是個可疑的人物，卻也算是個「思想犯」。在那種情況下，如果報警，我就會喪失身為記者「隱匿消息來源」的基本原則和生命。

該怎麼辦才好？我到現在都還不知道。在這層意義上，將近四十年前的事件，現在依然成為現在式的問題。製片人根岸洋之先生會對這本書感興趣，可能也因為那現在性，而且，感覺到所謂組織中的個人也會有這普遍的問題吧。

稿子原本是在《SWITCH》雜誌，現在已經成為主流雜誌，當時還是一本小雜誌，一九八六到八七年連載的稿子。

事件經過十年以上，我總算開始覺得或許能把自己的事件稍微隔一段距離，客觀地寫出來的時期了。

而且，被朝日新聞社免職，從此成為一個自由文筆業者，對自己的事件也有不得不自己做一個了結的義務。

老實說，這是一件非常不名譽而丟臉的事件，因此寫的時候經常伴隨著痛苦，但自己要以一個自由文人安身立命地活下去的話，就不得不把「那個事件」寫出來，也有這樣的迫切心情。

剛出版時，丸谷才一先生在《週刊文春》（89年1月26日號）書評中稱讚為「無與倫比的青春之書」，對我也是無比高興的鼓勵。「（略）怎麼看都是愚行和失敗的紀錄，因此是文學性的。」我覺得這句話救了我，那是誰說的？「文學為哀弔失敗者，一掬同情之淚又何妨。」只有文學能夠側耳傾聽挫折者的輕聲低語。我在事件後，選擇了文藝評論的道路，和這點也有很大的關係。自從開始寫東西以後，就禁止自己談有關當今政治的事，我沒有這個資格。自己活下去的場所只有文學。

二〇一〇年的現在，自己內心流著「三個時間」。身處「那個事件」中心，二十多歲的自己；和從此經過十年以上，終於可以寫出過去往事，四十多歲的自己；然後現在，正寫著「後記」，六十多歲的自己。

三個時間互相重疊。

雖然應該都是「自己」，但真的是嗎？我不確定。人們常說「身分」，這翻譯成「自我認同」的用語，追根究柢的結果，我想就成為「自己的記憶」了。

小時候的自己的記憶，青春時代的自己的記憶，長大成人後自己的記憶……記憶像線一般互相聯繫，成了現在的自己。「現在的自己」是「過去的自己（的記憶）」的累積，自我認同靠著記憶而保持。

然而，我的情況，因為那個事件太異常突出了，因此對記憶的連續性稍微產生障礙，以致「那時候」和「現在」分隔開來。老實說，我不願意想起「那時候」，想把那封印起來的心情。

不過到了六十六歲的現在，不可能忘記二十多歲自己的事，還有寫出那體驗的四十多歲的自己，說得誇張一點就像原罪般的東西。即使就算忘記，夜裡一個人獨處時「那時候的自己」也會忽然出現，注視「現在的自己」，我不得不去面對。

卷頭提過的「從此以後　我們　長大了」是漫畫家樹村Minori〈贈品〉（74年）中的詩句。詩人佐佐木幹郎說：「我覺得那才是詩人的詩。」想起聯合赤軍事件時，「72年那年2月　在黑暗的山中　迷了路」這樣簡單的語言讀起來很沉重。「現代歌情」專欄中的自由攝影師「A」是指朝倉俊博先生，二〇〇四年四月因癌症去世，我們一起做過很多工作；一起採訪示威遊行、採訪歌手、工作完畢常常一起喝酒。我真的很懷念那段日子。

前年六月，結婚三十五年的內人，川本惠子因癌症去世，五十七歲。我最想感謝始終支持二十多歲的我、四十多歲的我，然後是六十多歲的我的內人。

離開報社後，明知會很辛苦，還是一心不變地跟隨著我，這件事到現在都還成為我內心的支柱，不能再一起看電影了覺得很寂寞。

內人死了以後，我就是一個人生活著。在我看來像小孩世代的年輕編輯們給我很大的友情力量。平凡社的日下部行洋先生，從內人的葬禮時就開始一路照顧著我。日下部先生現在四十多歲，一九七二年當時還是小孩。他說大學生時讀過《SWITCH》的連載，那樣年輕的日下部先生為我製作了新裝版。我感慨很深，在此衷心表示感謝。

川本三郎

二〇一〇年　十月

文學森林 LF0016

我愛過的那個時代
當時，我們以為可以改變世界

マイ・バック・ページ

ある60年代の物語

作者

川本三郎

評論家。一九四四年生於東京。東京大學法學部畢業後，進朝日新聞社。歷經《週刊朝日》、《朝日雜誌》記者，進入評論活動。持續從事文藝、電影評論、翻譯、隨筆等多項分歧的執筆活動。著作《大正幻影》（獲Suntory學藝賞）、《荷風與東京》（獲讀賣文學賞）、《林芙美子的昭和》（獲每日出版文化賞、桑原武夫學藝賞）、《看電影就知道的事1～3》、《現在，還想妳》等多數。

譯者

賴明珠

一九四七年生於臺灣苗栗，中興大學農經系畢業，日本千葉大學深造。回國從事廣告企畫撰文，喜歡文學、藝術、電影欣賞及旅行，並選擇性翻譯日文作品，包括村上春樹的多本著作。

美術設計 陳文德
責任編輯 陳柏昌
媒體企劃 鄭偉銘
行銷企劃 詹修蘋
副總編輯 梁心愉

初版一刷 二〇一一年十月十五日
初版六刷 二〇二三年三月六日
定價 新台幣二八〇元

ThinKingDom 新経典文化

發行人 葉美瑤
出版 新經典圖文傳播有限公司
地址 臺北市中正區重慶南路一段五七號一一樓之四
電話 02-2331-1830 傳真 02-2331-1831
讀者服務信箱 thinkingdomtw@gmail.com
部落格 http://blog.roodo.com/thinkingdom

總經銷 高寶書版集團
地址 臺北市內湖區洲子街八八號三樓
電話 02-2799-2788 傳真 02-2799-0909
海外總經銷 時報文化出版企業股份有限公司
地址 桃園市龜山區萬壽路二段三五一號
電話 02-2306-6842 傳真 02-2304-9301

我愛過的那個時代：當時，我們以為可以改變世界 / 川本三郎作；賴明珠譯. -- 初版. -- 臺北市：新經典圖文傳播, 2011.10
面； 公分. --（文學森林；16）
ISBN 978-986-87616-0-5（平裝）

861.67 100018797